# 65 HORAS con la MUERTE

## Roberto Morales

## Dedicatoria

Este libro está dedicado a todas esas personas que persiguen un sueño. . . y _a pesar de las adversidades y el tiempo_ no cejan en su empeño por alcanzarlo.
Y muy en especial a aquellos que lo entregaron todo,   . . . y nunca lo lograron.


## En Homenaje

A *Armando Alejandre Jr.*, *Carlos Costa*, *Mario de la Peña* y *Pablo Morales*, voluntarios de la organización *Hermanos al Rescate* asesinados cuando sus avionetas *Cessna Skymaster* fueron derribadas por aviones MIG 29 de la fuerza aérea cubana en febrero 24 de 1996.


## Agradecimientos

A *Dios*, por concederme la gracia de haber nacido dos veces.
A mi madre, *María del Carmen*, de quien heredé el coraje y la perseverancia.
A mi hermana, *Zady*, por su ayuda y complicidad.
A mi hermano, *Carlos*.  Sin él, esta historia nunca hubiese ocurrido.
A *Gonzalo*, *Estela*, la tía *Titi*, *Yeney*, *Diany* y *Ramón* quienes auxiliaron en la fuga.
Al señor *Arturo Cobo*, Presidente y fundador del *Hogar de Transito para los Refugiados Cubanos* (*Casa del Balsero*).
A mi esposa, *Ericka*.  Sin su apoyo incondicional, este libro no hubiese visto la luz.
A mis hijos, *Alexa* y *Robert*.  Ellos son mi recompensa.

# Del autor

Tras dos años de ardua y secreta preparación, cinco jóvenes emprenden un viaje de ida sin regreso siguiendo una ruta desolada y hostil. Esta peligrosa ruta -bautizada como el Estrecho de la Muerte por los pobladores que habitan a ambos extremos de la misma- ya ha cobrado muchas vidas en expediciones anteriores. Según el reporte de algunos socorristas y autoridades, sólo uno de cada cuatro que lo intentan logra llegar al otro extremo del camino... con vida.

*65 Horas con la Muerte* no es fruto de la imaginación, sino el relato de un drama de la vida real. En esta historia de aventura, suspenso, sacrificio y supervivencia, la voluntad de sus protagonistas por alcanzar sus objetivos es puesta a prueba constantemente.

*65 Horas con la Muerte* es, además de un impresionante testimonio, un llamado a la reflexión para aquellas personas que se sientan a esperar a que las cosas pasen; ellos son presas fácil del fracaso.

*Perseverancia es la fuerza capaz de transformar un sueño en realidad.*

Roberto Morales

# Contenido

# 1
# La última hora

Lunes, mayo 24 de 1993. Playa de Boca Ciega, al este de La Habana, Cuba.

*-¿No crees que deberíamos esperar a mañana?-* dice Roberto mientras examina el borrascoso firmamento.

Las nubes parecen huir despavoridas de la tormenta que se avecina por el este. El canto del tempestuoso viento ha espantado los sonidos habituales de la noche. Las partículas de arena pegan como diminutos proyectiles en el rostro de quien ose enfrentar el avance de la invisible fuerza. El olor a salitre está por doquier. Es inútil tratar de escuchar los grillos, andar las calles en busca de vida nocturna e incluso esperar que el ruido de los autos interrumpa una conversación. La cadenciosa música de las olas en la playa se ha tornado en el rugir de una fiera que embiste ferozmente toda la costa norte de la capital.

Roberto, de 26 años de edad, es trigueño. Su menuda figura de 5,6 pies de estatura y unas 135 libras de peso enmascara sus cualidades físicas. Entre sus pasatiempos favoritos están el deporte y la lectura. Sin embargo, no es el tipo de lector tradicional. No es una persona que disfruta la lectura como entretenimiento. Apenas dos títulos de ficción han pasado por sus manos, unas 400 páginas en total. Su pasión son las ciencias: física, matemáticas, astronomía, filosofía y psicología. Cualquier publicación o artículo del cual emane algo que aprender llama la atención del joven. Esa es su pasión; poseer un arsenal de respuestas para las inesperadas preguntas que a menudo le lanzan sus amigos. Es por eso que estos lo llaman afectivamente *el filósofo*.

*-¡¿Estás loco?! Mientras más tiempo pase, mayor es el peligro de que nos agarren.-* le recuerda Gerardo.

Gerardo, de 27 años, se distingue claramente por su cabello rubio, casi albino. Su grueso metal de voz complementa su medio-alta estatura y fuerte complexión física dándole al joven una apariencia atípica que lo diferencia del resto. Roberto y Gerardo son mejores amigos desde la infancia, ambos crecieron juntos. Gerardo, quien es hijo único, ve en Roberto el hermano que nunca tuvo. Los dos jóvenes cursan el cuarto año de recreación turística en el Instituto Superior de Cultura Física de La Habana. Ambos son especialistas en deportes de orientación en el terreno y en el uso del mapa y la brújula.

Los jóvenes están parados de espaldas al viento para evitar que la arena se les meta en los ojos y boca mientras conversan. Roberto vuelve a elevar su mirada. Una afilada curva plateada se asoma -alguna que otra vez- entre las agitadas nubes avisando que la Luna comienza su fase de Cuarto Creciente.

-*¿No decía el almanaque que esta semana tendríamos Luna Nueva?* –pregunta el joven.
-*Eso decía.* –responde Gerardo.
-*Que mierda, ni siquiera en el almanaque puedes confiar.* –Roberto respira profundamente y mueve la cabeza en un gesto de negación- *Tienes razón, tiene que ser hoy. ¡Regresemos con el grupo!* Al tiempo que ambos comienzan a andar.
Ellos habían escogido esta noche porque –según el calendario- comenzaría la fase de Luna Nueva, es decir, la luna no se iluminaría y la noche sería muy oscura. La realidad, sin embargo, es otra. Debido a un error de impresión en el calendario, la fecha escogida ha coincidido con el inicio de la fase de Cuarto Creciente. Por consiguiente, las noches venideras serán cada vez más claras y peligrosas para sus planes.

Los jóvenes son parte de un pequeño grupo que se ha reunido para una ocasión especial. La clandestina reunión tiene lugar en una pequeña casa de la calle 440. A sólo una cuadra de la desolada playa, la modesta vivienda batalla contra el tiempo por conservar la desgastada pintura blanca que ha cubierto por décadas sus paredes de ladrillos. En algunas esquinas de las paredes externas, la cubierta de cemento se ha perdido dejando al descubierto los pequeños bloques rojizos de barro cocido. Aún se puede leer el número *105* junto a la puerta de entrada a pesar de que un grietuzco y añejado óxido corroe las delgadas láminas metálicas que lo conforman. A simple vista, no hay nada especial en esta casa. Ella puede fácilmente pasar inadvertida a la vista de los transeúntes. Sin embargo, para el grupo de cinco personas que temporalmente se ocultan en su interior, esta casa se ha convertido –por los últimos dos días- en una cómplice silente de sus secretos planes.

Simultáneamente, en el portal de la vivienda, otro grupo de siete personas (compuesto por un hombre, cinco mujeres y una adolescente) se encarga de vigilar las áreas adyacentes para evitar que agentes del gobierno sorprendan a los jóvenes que en el interior se reúnen. Además de observar, los integrantes del grupo fingen un ambiente festivo y casual. La música proveniente de una pequeña radio-reproductora junto a la puerta y las habituales improvisadas bebidas crean la cobertura perfecta. Todo es parte de un plan cuidadosamente concebido por Roberto.

Son poco más de las nueve. . .

Dentro de la modesta casa rentada, cinco jóvenes se encuentran a punto de concluir el ensamblaje de una pequeña y rustica embarcación. Dicha embarcación ha sido trasladada hasta allí en piezas para no levantar sospechas. Esta balsa (como comúnmente se le llamada a este tipo de embarcación) será el vehículo para una expedición de ida sin regreso hacia nuevas tierras en búsqueda de un sueño. *Esperanza* – como ha sido bautizada por ellos- es el resultado de un trabajo que por casi dos años los jóvenes han venido realizando secretamente.

La puerta se abre repentinamente y Carmen (miembro del grupo de vigilancia) entra en la angosta sala donde _casi en penumbras_ los cinco jóvenes trabajan silenciosa y organizadamente en la culminación de la frágil embarcación. . .

-*¡M'hijo, creo que los han delatado!* -dice Carmen con voz baja y temblorosa- *hay un policía parado al otro lado de la calle y está mirando para acá.*

Carmen, de baja estatura y constitución gruesa, ya se aproxima a los cincuenta. Desde muy joven, después de enviudar, en un sistema donde el gobierno es incapaz de garantizar un bienestar social mínimo, Carmen tuvo que enfrentarse a la vida para criar a sus tres hijos (Carlos, Roberto -dos miembros del grupo que partirá- y Zady –quien junto a su madre forma parte del grupo de vigilancia). Su carácter siempre afable y disposición para ayudar a los demás la han llevado a ganarse el cariño de todos los que la conocen.

Enmudecidos, los jóvenes se miran unos a otros. Por unos segundos, el silencio y la incertidumbre invaden el lugar. Casi dos años de una ardua y secreta preparación están a punto de ser completamente arruinados.

-*¡Pues van a tener que sacarnos de aquí!* -Gerardo (también integrante del equipo) expresa en tono desafiante pero sin alzar la voz.

-*¡Por si acaso, vamos a terminar de amarrar las cámaras. . . y que sea lo que sea!* -sugiere Roberto.

La angosta sala permanece a oscuras para evitar que los que están dentro sean vistos desde la calle. En el portal, los integrantes del otro grupo continúan su fingida reunión con el fin de no levantar sospechas. . .

-*Yo creo que ese policía lo que está es mirando a las muchachitas* - la tía Titi (como cariñosamente le llaman) le susurra a Carmen, su hermana.

La tía Titi es dos años mayor que Carmen. Su desarreglado y mal teñido pelo rubio y su alta y delgada figura la hacen lucir muy diferente de su hermana. Sin embargo, sus caracteres son muy similares.

-*¡Ojalá sea eso!* -interrumpe Ramón (primo de Carmen) con cierto pesimismo en su voz. Ramón, de mediana estatura, en sus cuarenta, es el único hombre que forma parte del grupo de vigilancia.

-*¿Muchachitas, por qué no entran a la casa y se ponen alguna ropa encima?* -les sugiere Titi a Zady y Diany, las dos jóvenes que aún se encuentran en trajes de baño.

Zady es estudiante de cuarto año de ingeniería química. Sus cabellos son oscuros, largos y ligeramente ondeados. Sus pronunciadas curvas realzan la estereotípica figura de la mujer cubana. Diany es novia de Raúl (otro integrante del grupo). Ella es una hermosa muchacha delgada, de pelo castaño, que cursa el último año de licenciatura en enfermería. Ambas están recién entradas en los veinte y poseen una belleza natural que llama la atención de cualquier hombre.

Las dos muchachas entran a la casa para cambiar sus vestimentas.

Mientras tanto, en el interior del inmueble. . .

Carlos, quien dos años atrás fue el primero del grupo en tomar la entonces descabellada decisión de escapar de la isla en una balsa, termina de atar el último neumático a la estructura de madera que conforma el artefacto a la vez que uno de sus amigos lo ayuda.

Carlos es muy parecido a su hermano menor, Roberto. No obstante, debido al tiempo que invierte practicando su deporte favorito, la pesca submarina, su estructura física es algo más corpulenta.

Unos minutos más tarde…

-*¡Ya está, Esperanza está lista!* -anuncia Carlos

Zady y Diany regresan al portal vistiendo camisetas y pantalones cortos.

Simultáneamente, Roberto examina cuidadosamente el marco de la puerta por donde deben salir. La superficie derecha del marco es menos áspera; además, del lado izquierdo se encuentran las bisagras. La puerta de la casa es más angosta que el promedio, pero es la única salida hacia la calle. Roberto llega a la conclusión de que no será fácil pasar aquella estructura de aproximadamente quince pies de largo por cuatro de ancho a través de la estrecha puerta que conduce al portal. . .

-*Tiene que ser de lado, con las gomas pa' la derecha para que no se dañen con las bisagras de la puerta* (que están al lado opuesto). -concluye Roberto, y los cinco tripulantes definen qué posición ocupará cada cual y la maniobra más efectiva para sacar la pesada carga de la casa en el momento preciso.

En ese instante, Carmen entra nuevamente con el aviso que todos ansiosamente anhelan...

-*¡Ya se va! ¡El policía se va, pero todavía no pueden salir!*

Mientras el policía se aleja lentamente, los cinco jóvenes revisan por última vez todo el equipaje para asegurar que todas las provisiones y equipos necesarios para sobrevivir el peligroso viaje estén en orden...

*-Todo está listo, la brújula, los salvavidas, las mochilas. . . y Esperanza* -murmuran los *cinco.*

<<*¡Hey, casi se nos queda la botella de petróleo!*>> advierte Roberto dirigiéndose hacia una esquina de la habitación, tomando la botella de color ámbar y colocándola en una mochila que está a su lado.

La botella de petróleo es un frasco ovalado de cristal, color ámbar, que originalmente contenía vino. El mismo había sido utilizado durante años en la cocina de Carmen para almacenar aceite para cocinar. Ahora, como contenedor de petróleo, esta botella lleva como tapón una especie de mechero que Carlos hizo con un trozo de saco de arroz. Roberto tuvo la idea de hacer esta tapa especial para que funcionara como una especie de filtro permitiendo que el combustible se derrame lentamente. Una vez en alta mar, la botella de petróleo sería atada a la proa de la embarcación por debajo de la línea de flotación. Roberto había leído que los tiburones tienen un sentido del olfato muy desarrollado, por lo tanto, el joven pensó que el combustible dispersado en el agua actuaría como repelente para estas bestias marinas.

*-¡Ah . . . y el tanque? ¿Cómo vamos a llevar ese tanque?* -pregunta Jesús (el quinto miembro del grupo), quien se distingue por su apariencia árabe debido a su negro pelo crespo y nariz afilada. A pesar de ser el más joven del equipo, Jesús es el más alto y fuerte con unos seis pies de estatura y 180 libras de peso.

*-¡Oh, no habíamos pensado en eso!* -exclama Carlos.

Dicho tanque contiene diez galones de agua con azúcar prieta o turbinada. Debido a su alto contenido de carbohidratos y cualidades duraderas, agua con azúcar prieta había sido escogida como el principal alimento para el viaje. Este tanque plástico, de color blanco semitransparente, es bastante pesado; por lo que el grupo decide hacer un viaje adicional para esconderlo cerca de la orilla. Inmediatamente, Ramón y Raúl se ofrecen como voluntarios para esta tarea. Ambos toman el pesado tanque y abandonan la casa en dirección hacia la costa.

Raúl _primo de Jesús_ es alto y delgado. A pesar de que sólo cuenta con 27 años de edad, su cabellera cubierta de canas lo hace parecer el mayor de la tripulación.

Unos minutos más tarde, el tanque es escondido en unos pequeños arbustos próximos al punto por donde zarparán. Una vez hecho esto, ambos regresan a la casa. Ramón se queda en el portal incorporándose a sus tareas de vigilancia, y Raúl continua hacia el interior del inmueble. . .

-*¡Ya está todo listo!* -Raúl avisa.
-*¡Pues, ponte tu uniforme rápido que nos vamos!* -le apuran sus compañeros de equipo.

Al igual que sus amigos, Raúl se pone  un sombrero de guano y un uniforme verde olivo.  Los jóvenes habían acordado vestir unos uniformes militares que Roberto todavía conservaba desde que estuvo en el Servicio Militar Obligatorio cuatro años atrás.  Con esta vestimenta, les sería más fácil pasar inadvertidos en la oscuridad.  Además, durante la travesía, estos uniformes los protegerían de las quemaduras del sol y de la frialdad de la noche.

Faltan sólo minutos para las 9:30 PM, la hora de la partida.
La tensa situación puede percibirse en la respiración de aquellos jóvenes que esperan silenciosamente a que Raúl termine. . .

-*¡Vamos a voltear la balsa y a apoyarla sobre un costado!* -dice Roberto.
La voz de la orden es tan tenue que parece desvanecerse en el silencio.  Sin embargo, esas palabras retumban en los oídos de cada uno de ellos haciéndolos reaccionar como resortes.  Los cinco jóvenes toman sus mochilas, se las ajustan a la espalda y se colocan a ambos lados de la embarcación.

La balsa, equipada de cuatro remos, dos velas, dos orzas, un timón y seis neumáticos más todas las provisiones, sumaban un total de más de 400 libras.  A pesar de eso, la embarcación es levantada del suelo y puesta en la posición acordada con asombrosa ligereza.  El grupo ya se dispone a partir y se apresura con la pesada carga hacia la puerta que da al portal. . .

-*¡Ahora sí que estamos jodidos!* -exclama Ramón quien, seguido por Carmen, irrumpe en la habitación.  Sus pálidos rostros reflejan la gravedad del asunto- *¡Unos guarda fronteras vienen pa' acá. . . y vienen armados! ¡Yo creo que nos echaron pa'lante!*

Aquella frase es sucedida por un silencio sepulcral que enmudece hasta el silbido del viento. En la mente de los cinco jóvenes, la imagen de un mañana esperanzador comienza a adquirir matices de oscuros barrotes. Si son capturados por las autoridades de la isla, todos ellos sufrirán las consecuencias de vivir en una total segregación social por el resto de sus vidas.

-*¡Sal con disimulo y ve a ver que quieren!* -le susurra Raúl a Ramón.

Ramón toma una respiración profunda y se limpia las gotas de sudor que brillan en su rostro. Ya calmado, Ramón regresa al portal seguido por Carmen quien cierra suavemente la puerta tras de sí. Mientras, dentro de la casa, los cinco jóvenes permanecen inmóviles, silenciosos, aguantando hasta la respiración. . .

La patrulla, compuesta por cuatro soldados armados con impresionantes fusiles automáticos AK-47, de fabricación soviética, se aproximan a la casa. A medida que se acercan los uniformados, la tensión y el temor en los miembros del grupo de apoyo aumenta dramáticamente, sus rostros palidecen y un frío sudor comienza a correr pos sus sienes. Una vez en el portal, uno de los soldados se dirige a los que allí se encuentran. . .

-*¡Buenas noches, compañeros!*
-*¡Buenas noches!* -la aparente calma en la respuesta de Carmen y Ramón pretende disfrazar la extrema tensión del momento.
-*¿Tienen candela para encender un cigarro?* -pregunta el soldado.
-*¡Sí, sí. . .! ¡Claro que sí!* -responde Ramón haciendo un esfuerzo sobrehumano por sonreír.

Ramón, quien es un fumador empedernido, se lleva su mano derecha al bolsillo de su camisa para extraer un encendedor desechable que siempre lleva encima. Nervioso, Ramón extiende lentamente ambas manos hacia el rostro del guardia mientras acciona el encendedor. La pequeña chispa no alcanza a convertirse en llama y el dedo gordo derecho de Ramón se enrojece mientras continúa golpeando desesperadamente la estriada ruedecilla que activa la ignición. . .

<< *¡¡Acaba de encender. . . hijo de p...!!* >> El pensamiento de Ramón pelea con el encendedor. Tener que ir a la cocina por

fósforos significaría abrir la puerta de la sala y exponer lo que detrás de ella se esconde, la balsa y los cinco miembros de la tripulación.

Finalmente, una diminuta llama aparece.
El viento bate la débil y amarillenta llama que es protegida por las manos de Ramón y el militar quien _cigarrillo en boca_ inclina su cabeza ligeramente a la derecha y estira su cuello para alcanzar el fuego.

Esos aterradores segundos parecen dilatarse una eternidad. . . como si el reloj se rehusara a continuar la marcha.
Y detrás de la puerta, en el pensamiento de aquellos cinco jóvenes, el tiempo regresa al pasado. . .

La casa de la playa, horas antes de la partida. De izq. a der.: Gonzalo, Gerardo, Estela, la tía Titi, Yeney, Carlos, Jesús, Carmen, Raúl, Roberto y Zady. Foto tomada por Ramón.

Intersección de las calles *Principal* y *440* (vista desde la arena). La casa rentada (no visible desde este ángulo) se encuentra detrás del pequeño edificio de la izquierda.

Punto de la playa por el cual escaparía el grupo. Roberto eleva su brazo izquierdo mostrándoles a sus amigos (reunidos en la orilla, detrás de la cámara) un pomo de dos litros de agua con azúcar. Detrás de él, a la derecha, la tía Titi y Estela. Al fondo, el pequeño edificio de dos plantas detrás del cual se encuentra la casa rentada. Foto tomada por Raúl pocas horas antes de la partida.

# 2
# Esperanza

Recién comenzaba el verano del 91. Las altas temperaturas parecían imponer nuevos records. Para los meteorólogos, quizás esta hubiese sido otra temporada caribeña más. Para los habitantes de la isla, en cambio, este verano se sentía diferente, insoportablemente caluroso, irritable y asfixiante. Las calles de la ciudad parecían hormigueros de gente que caminaban sin rumbo fijo, mirando inquisitivamente hacia todas direcciones. Sus rostros estaban tensos, sus sonrisas ausentes y el brillo de sus ojos apagado. Una simple bolsa que aparentara contener alimentos era motivo suficiente para atraer miradas de rapiña. El hambre hace perder los buenos modales. El colapso económico del país había sumido a la población en un perenne estado de supervivencia. El ambiente era de caos y desesperanza. Al igual que los náufragos del *Titanic*, miles de personas se lanzaban al mar en un intento casi suicida por llegar a los Estados Unidos. Tristemente, sólo uno de cada cuatro que lo intentaban llegaba a su destino con vida.

Una tarde, a finales de junio, Carlos esperaba el ómnibus que lo llevaría de regreso a su casa ubicada en el reparto *El Calvario,* a unos diez kilómetros al sur de *El Capitolio* habanero.

Fundado en tiempos de la colonia española, *El Calvario* era un pueblo tranquilo y hospitalario. Su extensión es de aproximadamente un kilómetro cuadrado. En su centro se erige la iglesia más antigua de *La Habana*. Aunque modesta en tamaño, esta iglesia había sido el punto de partida de hermosas procesiones católicas que -en épocas pasadas- se realizaban anualmente. Devotos de todo el país asistían a estas fiestas. Actualmente, la pequeña iglesia permanece cerrada. Sus ruinas son el único testimonio que certifica las historias de los abuelos. Hoy, *El Calvario* conserva su relevancia geográfica por una función menos pacífica y alegre. En lo que alguna vez fuera el seminario religioso (a pocas cuadras de la iglesia), hoy se encuentra el Estado Mayor militar del ejército de Occidente.

<< *¡Coño! Llevo dos horas aquí y no aparece la maldita guagua* >> -pensó Carlos mientras su paciencia se agotaba.

Al cruzar la calle, dos policías habían detenido a un peatón que llevaba una bolsa. Le hicieron abrir la bolsa, vaciar sus bolsillos y hasta quitarse los zapatos en la vía pública. Otros transeúntes pasaban cerca del detenido y continuaban su marcha de forma indiferente. Ya estaban acostumbrados a ver estos registros de rutina. Minutos después, los policías dejaron ir al detenido y apresaron a otro infeliz para repetir el ritual intimidatorio. Sobre ellos, a varios metros de altura se erigía una inmensa valla con un retrato del *Comandante* y la frase, "*en mi casa mando yo*". Era la única fachada pintada en toda la avenida.

Carlos miró a los policías y después al cartel. En un gesto de repugnancia retorció sus labios y fruñó sus cejas. Luego se inclinó hacia delante, escupió en el suelo y volteó su mirada hacia la calle.

Un bus apareció en el horizonte. Se desplazaba a alta velocidad zigzagueando los baches del pavimento y los ciclistas que abundaban en la vía. De inmediato, docenas de personas se aglomeraron en la parada del autobús. El vehículo se aproximaba sin disminuir la velocidad, venía repleto de gente, como sardinas en una gigantesca lata con ruedas. Protuberancias de pasajeros colgaban de sus puertas y ventanillas. Muchos eran niños que buscaban –en el peligro- la diversión. Otros eran simples usuarios del transporte público que no tenían otra opción.

El auto pasó de largo sin hacer el menor intento por detenerse, y muchos de los que lo esperaban lo persiguieron a toda carrera… quizás se detenga en la luz roja del semáforo. Carlos observó la escena. En otras ocasiones, él era uno de los primeros en correr tras la bestia metálica, pero esa vez no. Justo en esos días había nacido Juan Carlos, su primogénito, y la llegada al mundo de este hermoso bebé de unas siete libras había acaparado la atención de su padre. Fue en ese instante -mientras el autobús se llevaba la luz roja para escapar de la multitud que lo perseguía y casi atropellaba a unos peatones que cruzaban la intersección- cuando Carlos tuvo una especie de revelación. Los parpados de sus ojos quedaron paralizados, su mirada perpleja y su respiración se detuvo. En fracciones de segundos, una cantidad de imágenes se fueron sucediendo en su pensamiento. Al igual que una producción cinematográfica, las imágenes mostraban en forma progresiva diferentes etapas de su vida. Cada nueva imagen contenía una dosis de miseria mayor que la anterior. En efecto, cualquier recuerdo del pasado traía consigo una carga de añoranza y tristeza por todo lo que se había perdido. No sólo se habían perdido los alimentos, la ropa y el calzado. También habían desaparecido el respeto, la libertad y los sueños. El simple andar por las calles que todo joven añora en sus años de vida bohemia, había sido sustituido por un constante acoso policial. La certeza de que el pasado fue mejor que el presente y que el futuro será aún peor es una ecuación que presagia un mañana sombrío.

<< *¿Es este el futuro que le espera a mi hijo? En este país ya no se puede vivir.* >> -pesó el joven mientras echaba a andar.

Horas más tarde, Carlos llegaba a su casa de *El Calvario*. La frustración que lo embargaba era más fuerte que el agotamiento causado por los casi siete kilómetros de caminata. El joven se dirigió a la cocina y se bebió un vaso de agua fresca con dos cucharadas de azúcar. Después, salió a caminar por el barrio y regresó al patio con unos trozos de madera -desechados de una construcción cercana-, comenzó a limpiarlos, medirlos y a aserrarlos.

Durante varios días, después de regresar del trabajo, Carlos continuó sus labores en silencio y solitario, sumergido en sí mismo como si el mundo no existiera fuera de él. Aquella conducta y la forma que iba adquiriendo la obra despertaron la curiosidad de sus familiares.

-*¿Hijo, qué estás haciendo?* -le preguntó Carmen.
-*¡Una balsa, pa' perderme de aquí! ¿Qué otra cosa podría estar haciendo?* -respondió este en tono irónico.
-*¡Déjate de hablar boberías porque esa es la única forma que le doy candela a esa. . . esa cosa!* -reaccionó la madre sobresaltada ante la casi esperada respuesta de su hijo.

La reacción de Carmen no fue exagerada. Ella estaba al tanto de las noticias y sabía de las salidas clandestinas, de la represión política y la marginación social que sufrían los que eran capturados y –peor aún- sabía también de las desapariciones en el mar. Ella conocía muy bien a sus hijos Carlos y Roberto. El primero era impulsivo, hábil y testarudo, una especie de bomba de tiempo a la cual es casi imposible detener una vez ha sido activada. El segundo era sereno, calculador y callado, con la paciencia y perseverancia de un cazador que espera camuflado el momento oportuno para abatir a su presa. . . y aunque este último se había mantenido al margen de lo que estaba sucediendo, Carmen sabía que no continuaría así por mucho tiempo.

El acontecimiento no tardó en llegar a oídos de Gerardo, quien acogió la noticia con gran entusiasmo.

Gerardo y Roberto son amigos desde la infancia. Ambos son especialistas en deportes de *Orientación en el Terreno* y estudian en el Instituto Superior de Deportes de La Habana. Gerardo había experimentado en carne propia el ensañamiento policial que sufren los desafectos al Régimen.

En abril 1°, de 1980, utilizando un autobús del servicio público para embestir y derribar la entrada principal, un grupo de cinco personas irrumpió en la embajada de Perú en La Habana. En un intento para detener el autobús, los guardias de seguridad apostados a ambos lados de la entrada abrieron fuego contra este. Bajo el fuego cruzado de los rifles automáticos AK-47, uno de los guardias fue accidentalmente muerto por su compañero. El gobierno de la isla demandó la entrega inmediata de los ocupantes del autobús mientras el grupo (dentro de la embajada) pedía asilo político. Una vez otorgado el asilo (en contra de la voluntad del gobierno cubano), las autoridades de la isla retiraron la protección policial como represalia hacia la embajada.

La noticia corrió como pólvora entre la población. En menos de una semana, unas 10 000 personas invadieron las instalaciones de la embajada. Patios, techos, parqueos, árboles y hasta la propia verja que delimita la propiedad estaban saturados de personas. Era imposible mantener a tanta gente en un espacio tan reducido. El gobierno tuvo que buscar una solución drástica. Además de ordenar bloquear el acceso a la embajada y aéreas adyacentes, Fidel Castro anunció entonces que se le permitiría la salida del país a través del puerto de Mariel a todo aquel que lo deseara, siempre y cuando tuviera quien lo recogiera. Inmediatamente, los cubanos exiliados en Miami (con el permiso de las autoridades norteamericanas) organizaron flotillas de embarcaciones para recoger a sus familiares en Cuba. Se estableció entonces el puente marítimo Cayo Hueso-Mariel. Unas 1700 embarcaciones de pequeño y mediano tamaño participaron en este éxodo.

Mientras el mundo veía el puente marítimo Mariel-Miami como una solución humanitaria para reunificar a residentes de la isla con sus familiares en el extranjero, el gobierno cubano aprovechó la oportunidad para depurar la isla. Presos de alta peligrosidad, enfermos mentales y personas con preferencias homosexuales -catalogados por el gobierno como *"la escoria social"*- fueron forzados a abandonar el país. En total, unas 125 000 personas abandonaron la isla a través del puerto del Mariel. Simultáneamente, las autoridades lanzaron una campaña nacional de intimidación contra la población para evitar futuros actos de rebeldía. Gerardo fue víctima de una de esas campañas.

Con sólo catorce años de edad, Gerardo fue expulsado de la escuela donde cursaba sus estudios secundarios por la única razón de que sus padres tenían intensiones de abandonar legalmente el país. La represión, sin embargo, fue más allá de la privación de sus estudios. Aun siendo menor de edad, Gerardo experimentó la tortura psicológica. En reiteradas ocasiones tuvo que presentarse _al igual que su padre_ en una estación de la policía nacional ubicada cerca de su casa para ser sometido a interrogatorios. Tanto el joven como su padre eran entrevistados individualmente.

A pesar de que por más de una década el gobierno le había impedido a su familia abandonar el país, Gerardo nunca deshizo la idea de escapar de la isla; por lo que vio _en la iniciativa de Carlos_ la oportunidad de hacer realidad su sueño.

Durante algunos días, la balsa fue el tema central de todos los comentarios y discusiones en casa de Carlos. Las reacciones de Carmen hacia el proyecto de Carlos fueron cada vez más hostiles, amenazando en varias ocasiones con incendiar aquel artefacto. Esto alteró la salud de Carmen quien comenzó a sufrir de ataques de ansiedad, taquicardia e hipertensión arterial.
Fue entonces que Roberto decidió intervenir en el asunto aconsejando a su hermano. . .

*-¡Oye. . .! Tú sabes que la vieja no está muy bien de salud. Yo creo que mejor te estás tranquilo y dejas esa idea por ahora. Mira, por qué mejor no guardamos ese aparato, y yo te voy a ayudar a preparar el viaje.* -le propuso el joven a su hermano.
Por unos instantes, Carlos guardó silencio, observó con detenimiento el artefacto que estaba construyendo y regresó la mirada a su hermano.

*-Está bien.*

Al día siguiente, ambos tomaron el mencionado aparato y lo acomodaron en un rincón del cuarto de desahogo de la casa. Sin embargo, día tras día Gerardo continuaba haciendo mención del tema en forma jocosa, por lo que _en una conversación posterior_ Roberto le sugirió. . .

*-Gerardo, no sigas jodiendo con eso de la balsa. Tú sabes que. . .*
*-¡Lo de la balsa no es jodedera!* -Gerardo interrumpió a su amigo-
*Dentro de unos años, esto se va a poner peor. . . y los que no estén enfermos o muertos, van a estar presos o perseguidos.*

Roberto guardó silencio por unos segundos. Él sabía cuanta veracidad contenían aquellas palabras. *<<¡Parece que la cosa va en serio!>>* -pensó.

*-¡Bueno Gerardo!* -continuó el joven con voz pausada- *Vamos a estudiar el asunto, pero por el momento, no podemos echarle más leña al fuego. Tenemos que tranquilizar a mi hermano y a mi mamá.*
*-Tienes razón. Tu hermano ha hecho mucho ruido con eso de la balsa. Lo bueno es que como él siempre está jodiendo, los vecinos no lo han tomado en serio. De lo contrario, ya le hubieran llamado a la policía.* -dijo Gerardo
*-Yo voy a hablar con él. Tengo que convencerlo de que no se lance solo o con el primero que encuentre.* -continuó Roberto.
*-Ese es el miedo mío. Tu hermano es medio loco y pa' hacer esa travesía hay que prepararse muy bien* -argumentó Gerardo.
*-Pues vamos a empezar por buscar información que tenga que ver con eso pa' ir haciendo un plan de estudio* -propuso Roberto- *pero eso sí. . . ¡yo me quedo! No quiero dejar solas a mi mamá y a mi abuela. ¡Además, este es mi país!*
*-¡¿Qué país de qué. . .?!* -expresó Gerardo en marcado desacuerdo-
*Nosotros somos extranjeros en nuestra propia tierra.*
*-Es verdad* -admitió Roberto con pesar- *. . .pero aun así, yo quiero estar aquí cuando esto se caiga.*

Desde entonces, se dieron a la tarea de indagar y escuchar relatos sobre balseros que habían tenido éxito, los obstáculos y contratiempos que tuvieron que enfrentar, así como las causas que propiciaron el fracaso de otros. De ellos tomaron y desarrollaron las buenas iniciativas y también adquirieron una gran experiencia e información que les ayudaría a evitar _en el futuro_ cometer los errores que habían cobrado la vida de miles de balseros cubanos.

Por aquellos días, Raúl, el nuevo estudiante que había sido trasladado al aula donde estudiaban Roberto y Gerardo, comenzaba a retirarse la máscara del temor y _al igual que muchos de sus compañeros de estudio_ se manifestaba de forma radical contra el Gobierno. . .

*"Yo era cantinero y dependiente en un restaurante para turistas -* contaba Raúl a sus nuevos amigos- *y por mi buena conducta y experiencia me llevaron a trabajar a varias recepciones del Consejo de Estado en el Palacio de las Convenciones... Y es criminal los banquetes que se organizan pa' esa gente, y la cantidad de comida que se desperdicia sabiendo que el pueblo está pasando hambre. Y no sólo eso, te prohíben llevar algo de lo que sobre pa' tu casa."*

Las anécdotas de Raúl no fueron nada novedosas, pero sí fueron una especie de catalizador que aceleró el proceso de acercamiento entre los futuros integrantes de la tripulación.

Pasaron los días, y los lazos de aquella amistad se fueron haciendo más sólidos. Juntos planificaron viajes de pesquerías, paseos y pequeñas fiestas a las que asistían con sus respectivas novias y esposas.

Cuando aquella relación alcanzó la suficiente madurez, surgieron los primeros comentarios acerca del delicado tema. Al principio, hablaron de las noticias escuchadas por Radio Martí. La simple admisión de escuchar Radio Martí (emisora clandestina que transmitía desde los Estados Unidos), podría conllevar a arrestos y multas. Después, usaron algunas bromas como: *"¡Ayer rescataron a tremendo grupo. . . qué estamos esperando?"*

Con el transcurso del tiempo, estos comentarios se hicieron más frecuentes y poco a poco se le fue dejando saber a Raúl que la idea de escapar en una balsa iba más allá de la broma. Hasta que una noche, en una improvisada fiesta en casa de Tamara (esposa de Carlos), Gerardo _en un derroche de euforia_ se dirigió a Raúl. . .

*-¿Bueno qué. . . te unes a nuestro equipo?*

*-¡Seguro! ¡Tú sólo dime cuándo y dónde!* -respondió Raúl con pleno convencimiento. Parecía como si hubiese estado esperando, durante mucho tiempo, esa proposición.

Carlos, Roberto y Gerardo cruzaron sus miradas y sonrieron. Gerardo, aproximándose a Raúl, puso su mano derecha sobre el hombro de este.

*-Bienvenido al equipo.*

Seguidamente, Gerardo invitó a Raúl a una conversación fuera de la casa para explicarle con más seriedad lo que estaban planeando. Esa misma noche, Raúl pasó a formar parte de aquel pequeño grupo de investigación.

Por mediación de una amistad de Gerardo en la biblioteca del Instituto de Deportes, los jóvenes lograron obtener una lista de todos los textos y publicaciones referentes a deportes náuticos, especialmente aquellos relacionados con velas. Esto hizo posible un estudio teórico bastante profundo y completo. Ellos sabían que tenían que afianzarse en la preparación teórica ya que la preparación práctica era imposible. En Cuba, tomar un paseo en bote era un privilegio reservado para la élite gubernamental y el turismo extranjero.

Una noche, Carlos y Roberto estaban en el portal de su casa tomando el fresco cuando Iván (un amigo de la familia) se acercó al mayor de los hermanos. . .

*-¡Óyeme, compadre* -Iván se dirigió a Carlos en tono risueño y misterioso- *...llévenme con ustedes!*

*-¿Adónde?*

*-Tú sabes, pa'l otro lado* -después de una pequeña pausa continuó- *. . .oye, yo por salir de aquí hago lo que sea.*

*-Todo el mundo quiere salir de aquí.* –admitió Carlos.

*-Sí, pero ustedes están trabajando seriamente en eso.*

*-¿De dónde  tú sacas eso?*-Carlos se hizo el desentendido.

*-No te hagas compadre, no te hagas...* -Iván respondió en tono burlón- *yo llevo muchos años trabajando con tu mamá y la conozco muy bien.  Yo sé de su preocupación por lo que ustedes están haciendo... y yo no soy bobo.*

*-Lo de nosotros es pura jodedera* -Carlos trató de evadirlo.

*-Jodedera o no, yo sólo quiero decirles que, si necesitan a alguien, cuenten conmigo pa' lo que sea.* –concluyó Iván mientras se retiraba.

Carlos no respondió, solamente dirigió su mirada hacia su hermano quien se había mantenido al margen de la conversación. En efecto, necesitaban a otro miembro para su grupo, pero les preocupaba el hecho de que -al igual que Iván- otras personas podrían haberse enterado de sus planes.

Iván (recién entrado en los treinta) es de baja estatura y complexión gruesa. Se caracteriza por un contagioso sentido del humor capaz de hacer sonreír hasta a la persona más seria. Él disfruta compartir con sus amigos y beber alguna que otra vez. Al igual que Carlos, la mayor preocupación de Iván es conseguir el alimento para su esposa y la pequeña hija de cinco años que ambos tienen. Por esa razón _como muchos otros padres de familia_ Iván había optado por el camino de la separación familiar (a pesar del sacrificio que ello implica) para poder cumplir con la responsabilidad de sustentar a los suyos.

Unos días después, Iván intentó nuevamente convencer a los hermanos.

*-¡Compadre!* -exclamó con su habitual lenguaje- *Acuérdense de lo que hablamos el otro día.*
*-No se nos ha olvidado, pero acuérdate que eso todavía no es. . . -* Carlos no alcanzó a concluir la frase.
*-Yo tengo en mi casa dos cámaras de tractor. Una está mala, pero a la otra na' más le falta la válvula del aire. Además, yo pasé el Servicio Militar en la Marina y tengo experiencia en el mar* -Iván narró con gran entusiasmo mientras su esfuerzo por convencer a Carlos y Roberto los hizo vacilar.
*-Está bien, pero fíjate, vamos a hablar con la gente del grupo pa' ver si ellos están de acuerdo. Por ahora, guarda bien esas cámaras* -concluyó Carlos.

Los dos hermanos conocían muy bien a Iván y no descartaban la posibilidad de que él formara parte de la futura tripulación. Después de todo, los jóvenes habían determinado que cinco miembros (cuatro remeros y un timonel) era el número ideal de integrantes que el pequeño grupo necesitaba para escapar de la isla. Tan pronto como pudieron, los dos hermanos conversaron con Gerardo y Raúl para tomar una decisión. . .

-*Iván quiere unirse al grupo* -Carlos expresó dando inicio a la improvisada reunión en la casa de El Calvario- . . . *y yo creo que él es un buen candidato.*

Todos los miembros del equipo conocían a Iván. Sin embargo, Raúl se mostró inseguro. . .

-*¡Yo no sé!* -dijo Raúl mientras se recostaba al espaldar de su silla y tomaba una profunda inspiración- *Ustedes lo conocen mejor que yo, pero acuérdense que los "chivas" están en todas partes.*
La reacción del joven obedece al temor y la desconfianza en la que vive sumergida la población cubana (especialmente la juventud). Los informantes y agentes encubiertos que operan con la policía, comúnmente conocidos como *chivas*, se encargan de vigilar a sus vecinos e informar a las autoridades sobre cualquier eventualidad o acto sospechoso que ocurra en el vecindario.
-*¡Nah, este tipo es de confianza!* -respondió Carlos, quien veía en Iván el reflejo de su situación.
-*Yo creo que Carlos tiene razón* -agregó Gerardo- . . . *el tipo fue marinero en el servicio militar, lo conocemos desde hace un par de años y está pasando por la misma mierda que todos nosotros.*
-*¡Seguro!* -afirmó Roberto- . . . *podemos confiar en él. Además, ustedes necesitan dos más porque si son cinco, van a poder rotarse pa' descansar.* Roberto se refiere al hecho de que él no tiene intenciones de abandonar la isla. Hasta el momento, su único interés es ayudar a su hermano y sus amigos para que tengan éxito en la expedición.

La asamblea no se extendió por mucho tiempo. Después de analizar la situación, los jóvenes llegaron a una conclusión.

-*Si ustedes dicen que con él no hay problema, entonces por mi parte tampoco.* -accedió Raúl.
-*Bueno, parece que todos estamos de acuerdo* -señaló Gerardo.
-*Entonces. . . ¿lo aceptamos?* -preguntó Roberto.
Por unos instantes, los miembros del grupo se miran unos a otros con gran expectación.

-*¡¡Sí!!* -los jóvenes respondieron simultáneamente.

Unas horas más tarde, Carlos visitó a Iván para comunicarle la decisión que él ansiosamente esperaba.

-*¿Estás listo socio?* -dijo Carlos mientras extendía su mano derecha para estrechar la de su amigo- *¡¡Bienvenido abordo!!*

Mientras estrechaban las manos, Iván _quien no pudo ocultar su entusiasmo_ haló a Carlos hacia él y lo abrazó fuertemente al mismo tiempo que elevaba su mirada al cielo en un gesto de agradecimiento.

En esa misma semana, Iván tomó los neumáticos que tenía escondidos en su casa y se los entregó a Carlos. Este los ocultó junto a la rústica balsa, en un rincón de la casa de El Calvario.

Ya las investigaciones del grupo habían recopilado suficiente información. Había llegado el momento de diseñar una embarcación para cuatro remeros y un timonel porque _aunque Roberto mantenía su decisión de no abandonar el país y a su familia_ Didier, su primo, ocuparía la quinta vacante en el grupo.

Didier, hijo de Ramón, se mostraba entusiasmado con la idea aunque se mantenía distanciado del grupo por temor a una inesperada reacción de su madre, Sonia. A pesar de ser muy joven (18 años de edad), Didier era el candidato ideal para ocupar ese puesto. Además de su parentesco familiar, el joven estaba entrenado físicamente y era el compañero de Carlos en sus pesquerías. El único inconveniente era su madre. Sonia era una madre extremadamente protectora e impulsiva, y los jóvenes del grupo temían que –por proteger a su hijo del riesgo que conllevaba dicha travesía- Sonia podría delatarlos ante las autoridades.

Transcurría el verano del 92.

Tomando como base el rústico artefacto construido por Carlos un año atrás, Roberto _quien era aficionado al dibujo_ comenzó a dibujar diferentes modelos de balsas perfeccionándolas cada vez más. Después de múltiples intentos y varios días de trabajo, el joven diseñó definitivamente la mencionada embarcación. Cada trazo fue hecho cuidadosamente observando las medidas reales de la futura construcción llevada a una escala de 1:20. Cada centímetro en el papel representaba veinte centímetros en la realidad. Cuando hubo finalizado su trabajo, Roberto se lo mostró a sus compañeros. . .

-*¿Pero esas son. . . dos velas?* -preguntó Carlos.

-*Sí, dos velas* -afirmó su hermano sonriente.

-*¿Y para qué dos, si con una ya es bastante?* -porfió Carlos.

-*Si vamos a hacer las cosas, vamos a hacerlas bien* -respondió Roberto- *recuerda que Cristóbal Colón llegó a América gracias a las velas. La vela mayor va a ser la principal encargada de impulsar la balsa. La vela menor, además de ayudar a impulsar la balsa, va a eliminar los remolinos de viento que se forman detrás de la vela mayor.*

-*¡Hm, no sé! Me parece que eso va a pesar demasiado* -agregó Raúl.

-*Es verdad, pero piensa que el grupo tendrá que cargar la balsa y correr un tramo corto con ella encima. En cambio, ella tendrá que resistir el peso de los cinco por varios días y navegar una pila de millas* -la explicación de Roberto fue lo suficientemente convincente -*¡Ah, otra cosa!* -advirtió el joven- *Tenemos que bautizarla.*

-*¿Bautizarla?* -replicó Raúl.

-*Hay que evitar mencionar la palabra "balsa"* -continuó Roberto- *alguien nos puede escuchar.*

-*Sí, sí, tienes razón. Que tal "el artefacto"* -intervino Gerardo.

-*"El artefacto". . .¡Hm!* -repitió Roberto con cierta expresión de desagrado.

-*Suena muy sospechoso* -dijo Raúl

-*"Esperanza."* -saltó Carlos- *la llamaremos "Esperanza".*

-*¡Sí! "Esperanza" ¡Eso es!* -asistieron los jóvenes.

-*A partir de hoy, hablaremos de Esperanza como si se tratara de una amiga nuestra.* -concluyó Roberto.

Además de ser un nombre bastante común, *Esperanza* significaba la esencia del proyecto en sí, era la fuerza invisible que mantenía unidos a estos jóvenes en busca de un objetivo común.

Después aparecieron las preguntas técnicas esperadas: *¿Qué es eso? ¿Para qué servirá aquello?*, etc. Cada pregunta encontró su apropiada respuesta, por lo que todos quedaron satisfechos.

Aquel diseño sirvió como punto de partida para comenzar un trabajo más organizado. Ahora los jóvenes no sólo sabían lo que querían hacer, también sabían cómo hacerlo y qué necesitarían para ello.

Surgió entonces una nueva dificultad, se necesitaba un local discreto que pudiera convertirse en el taller donde se construiría la secreta embarcación.

La antigua casa de El Calvario, donde vivían Carlos y Roberto, parecía ser el lugar ideal por su amplitud, pero carecía de privacidad. En dicha residencia estaba localizado el único teléfono del pueblo, por lo que más de una docena de vecinos la visitaban diariamente. Esto representaba un gran inconveniente.

-*¡Vamos a hacer una barbacoa!* (especie de ático muy comúnmente utilizado en Cuba debido a la escasez de viviendas) -acordaron los dos hermanos. Era la mejor solución para mantener en secreto sus actividades.

A pesar de las dificultades para conseguir los materiales, los hermanos se las ingeniaron. En muy corto plazo, con la ayuda de Raúl y Gerardo, los jóvenes construyeron un ático lo suficientemente amplio y resistente para proseguir sus labores.

El incansable almanaque no detuvo su andar. . . y fue adentrándose en Agosto.

Una noche, a finales de ese mes, Roberto regresaba a su casa después de visitar a su novia, Aliena. Era cerca de la media noche. La ausencia de vehículos y transeúntes parecía conspirar con la ciega oscuridad de la desolada calle. Muy cerca de la intersección de *Vía Blanca* y *Avenida Palatino*, el joven se sentó sobre un pequeño muro de concreto a esperar el siempre retrasado ómnibus. Roberto tomó la mochila de nylon azul que llevaba consigo y la colocó entre sus pies, sobre la acera.

Con el paso del tiempo, los minutos parecían extender su duración. El paisaje recordaba una especie de fotografía tridimensional con pésima iluminación.

Había transcurrido más de una hora cuando las luces de un auto aparecieron en la distancia. El auto transitaba en sentido opuesto por lo que Roberto no le prestó atención. Sin embargo, la lentitud con que se desplazaba el vehículo a esas horas de la noche por la *Vía Blanca* (avenida reconocida por las altas velocidades de algunos conductores) llamó la atención del joven. Roberto volteó la mirada hacia el auto divisó a un minibús gris, marca Mercedes-Benz, que lentamente se acercaba. Inmediatamente, el joven reconoció aquel auto. Era el vehículo de la temible *Brigada Especial*.

La *Brigada Especial* es un destacamento militar destinado para asuntos civiles. Estas fuerzas especiales operan como parte de la policía nacional y fueron creadas por el gobierno para reprimir todo tipo de protestas o manifestaciones populares. Después de ser preseleccionados por sus estaturas y fortaleza física, estos soldados son sometidos a un riguroso entrenamiento militar. Dicho destacamento está formado por patrullas motorizadas. Cada patrulla se compone por _al menos_ siete efectivos bien armados incluyendo un francotirador quien casi nunca abandona el vehículo. Además, poseen camiones para su transportación masiva en casos en que la situación lo requiera. En muchas ocasiones, con el propósito de confundir a la prensa extranjera y la opinión pública internacional, los miembros de este cuerpo militar realizan sus operativos vestidos de civil.

Roberto, disimuladamente, observó con el ángulo de su mirada al vehículo patrullero que lentamente pasó frente a él. Su respiración se detuvo y su pulso se aceleró _sin saber si correr o quedarse inmóvil_ cuando vio al auto realizar un repentino giro de 180 grados y acelerar hacia él.

<< *¡C'ñoo! La van a coger conmigo.* >> pensó.

Su puerta corrediza lateral ya venía abierta. El auto gris se detuvo abruptamente a pocos pasos de Roberto mientras varios agentes _en una maniobra de asalto_ saltaron del mismo y rodearon al joven. . .

-*¿Qué llevas ahí?* -preguntó el capitán al mismo tiempo que uno de los agentes tomó el bolso e introdujo una mano en su interior para extraer su contenido.
-*Cosas de la escuela* -respondió Roberto mostrando cierto desinterés. Pero el policía prestó la menor atención y continuó intentando encontrar algo que pudiera comprometer al muchacho.
-*Libros, libretas, lápiz. . .* -nombraba el agente mientras chequeaba- *¡Eh . . . y esto qué es?* -preguntó con tono acusador mientras extraía un pequeño frasco de vidrio que había en dicho bolso.
-*Perfume* -respondió el joven tratando de conservar la calma.

*-¿Cómo lo conseguiste?* -continuó el oficial.
*-Se lo compré a un vendedor ambulante.*

La respuesta del muchacho era una forma de evasión comúnmente empleada por la población para encubrir y proteger a los vendedores de la Bolsa Negra ya que _gracias a este mercado ilegal, tan grande como la isla misma_ el pueblo cubano lograba sobrevivir.

*-¡Tiene que acompañarnos!* -dijo el capitán encolerizado.  Él sabía que las palabras *"se lo compre a un vendedor ambulante"* significaban para la policía algo así como investigación cerrada por falta de pistas.
Roberto fue escoltado hacia el vehículo patrulla, y con los brazos extendidos sobre este y las piernas separadas, fue registrado minuciosamente por uno de los agentes.

*-¡Suba al carro y siéntese sobre el piso!* -le ordenó este después de concluir el registro.

Al subir, el joven descubrió que no estaba solo.  Otros dos muchachos ya habían sido arrestados.  Fueron conducidos a una estación de la policía ubicada en un barrio conocido como *El Canal*, en el municipio *Cerro*.  Allí, fueron separados en diferentes habitaciones.  Minutos después, Roberto fue sometido a un interrogatorio.

*-. . .Entonces, tú conoces a la persona que te vendió el perfume.* -insistió el capitán con ironía e incredulidad.
*-No, ya le dije que me lo tropecé en la calle* -Roberto no varió su testimonio.
*-¿. . .Y por qué se lo compraste?* -preguntó el agente.
*-Porque me lo vendió barato* -un inesperado tono jocoso en la respuesta del joven enfureció al capitán.
*-¡Pues no debiste haberlo aceptado ni aunque fuese regalado!* -vociferó el oficial al rostro del muchacho en un acto de provocación y despotismo mientras lucía un reloj marca *Casio* en su muñeca izquierda.  Esa marca de reloj no estaba a la venta en Cuba.  Sólo podía ser comprada en tiendas para turistas o a través de vendedores clandestinos.  El oficial encarnaba la hipocresía que se resume en aquel viejo refrán "haz lo que yo digo, no lo que yo hago".  La idea

de preguntarle al oficial por la procedencia de aquel reloj tentó al joven, pero la prudencia se impuso.

-¿ . . .! -el silencio como protesta fue la única respuesta razonable ante aquella humillación.

Roberto sabía que esa provocación era mal intencionada. El verdadero objetivo de aquel insulto era conseguir que el joven protestara. De ocurrir así, entonces el detenido era encerrado en una pequeña habitación con varios policías donde recibiría una golpiza. Después sería trasladado a una celda de la cual no saldría hasta que desaparecieran las huellas dejadas por los golpes, y de esta forma, evitar cualquier acusación formal de abuso y maltrato contra el departamento de la policía.

Las horas que sucedieron fueron menos tensas aunque interminables. Había terminado el interrogatorio y sólo se escuchaba el incesante taconeo de la máquina de escribir, además de algunas preguntas de rutina, actas y formularios. Sin embargo, todo aquello pasó inadvertido a los oídos de Roberto ya que en su mente vagaba una preocupación mayor:

<< *¿Registrarán la casa? -algo muy común en Cuba-* . . .*y si descubren la balsa, entonces sí que. . .* >>

-*¡Firme aquí!* -el oficial de guardia interrumpió el pensamiento del joven extendiendo un papel ante sus ojos- *Puede marcharse, pero tendrá que pagar una multa de cuarenta pesos, y el perfume le será decomisado* -concluyó el agente.

Eran aproximadamente las tres de la madrugada. La calle estaba oscura y desierta. Roberto se dirigía a su casa.

<< *Dentro de unos años esto se va a poner peor todavía, y los que no estén enfermos o muertos, van a estar presos o perseguidos. . . perseguidos. . . perseguidos* >> -las palabras que su amigo Gerardo le había dicho un año atrás golpeaban con su eco el pensamiento de Roberto. Su lento andar, la mirada baja y las manos en los bolsillos reflejaban _más que una preocupación_ una gran tristeza. Había comprendido que era imposible vivir bajo tanto hostigamiento y represión. Aceptó entonces la necesidad de hacer lo que nunca quiso, abandonar su país.

A partir de aquella noche los trabajos del grupo tomaron un ritmo más acelerado. Ahora, con la decisión de Roberto, este dejó de ser sólo el organizador del equipo para convertirse en un miembro más de la expedición. Por otra parte, Carlos, quien se había destacado siempre por su disposición e iniciativa, construyó los cuatro remos utilizando finos troncos de árboles, y días después _junto a su hermano_ cortó otros dos troncos que serían utilizados para las velas (el mástil y la botavara).

La tienda de campaña que los había acompañado a tantas pesquerías y acampadas fue desmantelada para confeccionar las velas. Las mismas fueron diseñadas por Roberto y su hermano con un sistema de anillas, cuerdas y rondana para facilitar su manejo.

La vela mayor fue construida en forma de un triángulo recto con aproximadamente 3,2 metros de altura por 2,3 metros de ancho en la base. La costura en el lado vertical de la vela formaba una especie de bolsillo cilíndrico a través del cual sería introducido el mástil. En el lado horizontal (base de la vela), un sistema de varios anillos (confeccionados con cuerdas) permitiría que la vela pudiese ser desplegada o plegada a lo largo de la botavara. Dicha botavara estaba atada por un extremo a la parte inferior del mástil y –en su extremo opuesto- poseía una rondana pequeña que permitiría desplegar la vela mayor con sólo tirar de una cuerda. Estando la vela mayor recogida, la botavara podría ser elevada y atada al mástil para facilitar su traslado. Finalmente, la base del mástil descansaría sobre una caja de bolas asentada en la estructura de la balsa que le permitiría al mástil rotar para un mejor posicionamiento de la vela. Para darle mayor fortaleza al mástil, tres cuerdas (también conocidas como vientos) sostendrían el extremo superior del mástil a la embarcación. Dos de las cuerdas serían atadas a ambas esquinas posteriores y la tercera cuerda se ataría a la esquina anterior derecha. Esta última cuerda o viento serviría a su vez de eje (una especie de mástil auxiliar) para la vela menor.

La vela menor era también de forma triangular aunque más pequeña que la vela mayor. Su diseño era parecido aunque más sencillo. La vela menor carecía de un mástil de madera. La botavara (una vara de bambú de aproximadamente 1.5 m) que mantendría la vela desplegada estaba permanentemente fijada al borde inferior de la vela. No poseía un sistema de rondana y anillas como la vela mayor. Para replegar la vela menor sólo sería necesario enrollar la vela alrededor de la botavara y atar la botavara a la cuerda/mástil. Para evitar ser descubiertos por las autoridades, ambas velas fueron pintadas de colores oscuros.

Con los recortes sobrantes de dicha lona y trozos de espuma blanca, Carlos, Roberto y Zady concibieron los cinco chalecos salvavidas.

El grupo en conjunto elaboró un plan de ejercicios especiales para evitar el mareo e incrementar la fuerza y la resistencia al agotamiento. Raúl, en su casa de Víbora Park y ayudado por Gerardo, tuvo la iniciativa de crear un banco de ejercicios para remo; el cual consistía en un sistema de resortes de goma.

Días más tarde, debido a las ya conocidas dificultades del transporte, Carlos decidió construir un ingenioso equipo que simulaba un asiento y dos remos, a los cuales _por medio de un sistema de poleas y cuerdas_ se les podía ajustar una carga de peso variable. También consiguieron discos de pesas que algunas amistades les prestaron o regalaron.

Así fueron equipados dos pequeños gimnasios. Uno en El Calvario, donde se ejercitaban Carlos y Roberto; el otro en Víbora Park, donde se preparaban Gerardo y Raúl. La bicicleta (como principal medio de transporte) completaba el entrenamiento.

. . .Pero no todo fueron buenas noticias.

En la madrugada de Marzo 13 del 93, la región occidental de Cuba fue azotada por una fuerte depresión tropical recordada en ese país como "La Tormenta del Siglo". La casa de El Calvario _donde secretamente se construía la balsa_ sufrió severos daños perdiendo una parte de su techo y dejando casi al descubierto el furtivo ático. Esto provocó un retraso en los trabajos de la embarcación y en la fecha de la partida que había sido prevista inicialmente para finales de Abril.

Por otra parte Iván _quien al principio había mostrado tanto interés en unirse a la expedición_ se había mantenido alejado del grupo durante los últimos meses, lo cual generó preocupación entre sus compañeros.

-¿*Qué será de la vida de Iván?* -preguntó Gerardo a modo de comentario.

-¡*No sé!* Hace días que no le veo ni el pelo -respondió Roberto.

-*Yo escuché que la esposa de Iván estaba embarazada* -agregó Carlos.

-¡*Oh!* . . .*entonces yo creo que Iván se echó pa' tras* -insinuó Gerardo.

*-Yo creo que sí porque la última vez que le hablé del viaje, me barajó la conversación* -dijo Carlos.
*-¡Hagamos una cosa!* -propuso Roberto- *. . .no vamos a presionarlo ni hablarle más del asunto. Si él se echó pa' tras, él solo se va a alejar. De todos modos, tenemos a Didier pa' que lo sustituya.*

Pero los inconvenientes parecieron haberse puesto de acuerdo para arremeter simultáneamente.

Sonia, madre de Didier y esposa de Ramón, sospechaba que algo raro estaba sucediendo. Viviendo en la casa contigua y siendo parte de la familia, era imposible que no se enterara. Una tarde, ella se acercó a Carlos y Gerardo. . .

*-¡Óiganme bien, si yo me entero que Didier se va con ustedes, llamo a la policía!* -exclamó esta con tono amenazante y mirada acusadora.

La inesperada reacción de Sonia dejó a los jóvenes casi perplejos. No sería la primera vez que una madre denuncie a su propio hijo por temor a que este pierda la vida en el mar.

Sonia, ya cerca de los 40, es una mujer alta, de cabellos castaños y ojos claros. A pesar del paso del tiempo y la carencia de cuidado estético que padecen casi todas las mujeres en Cuba, Sonia conserva una imagen que revela la singular belleza de la que gozó en su juventud. Ella es la típica madre dispuesta a todo con el fin de proteger a los suyos. Su carácter es fuerte y temperamental, y su comportamiento es variable. Unas veces es agresiva y dominante, otras veces es tierna y cariñosa, toda una mezcla de emociones que la convierten en una mujer de impredecibles reacciones.

*-No, no, tranquila Sonia que Didier no está en na'* -con voz entrecortada, Gerardo trató de calmarla.
*-Bueno, yo sólo quiero decirles que a mi hijo me lo dejan fuera* - Sonia concluyó con tono autoritario.

Seguidamente, los dos amigos se apresuraron a informar a los demás miembros del grupo sobre el incidente. . .

-*¿Qué vamos a hacer ahora?* -preguntó Raúl, quien aún no había salido de su asombro.

-*Vamos a tener que decírselo a Didier pa' que ni se nos acerque, no vaya a ser que su mamá nos eche pa'lante* -propuso Gerardo.

-*Eso sí que es un problema porque todo está calculado para cinco tripulantes. Tenemos que buscar a alguien antes que se termine el mes* -precisó Roberto.

-*¡Imagínense ustedes!* -se lamentó Carlos- . . .*encontrar otro como Didier en tan poco tiempo va a ser bastante difícil.*

Los cuatro jóvenes sabían que eran ciertas las palabras de Carlos. Además de estar preparado físicamente para la travesía, Didier era una persona de confianza, y ese era un requisito indispensable para el éxito de la futura expedición.

Corría el mes de Abril. Ya casi todo estaba listo excepto dos cosas: aún faltaba el quinto tripulante y, además, había que establecer un plan para la fuga. Esto incluía la organización de un grupo de apoyo (que permanecería en tierra). Este grupo de apoyo estaría encargado de crear un escenario de distracción para encubrir las actividades del grupo clandestino y elaborar un sistema de vigilancia y comunicación por medio de señales visuales para asegurar que la tripulación y *Esperanza* puedan llegar al agua sin ser descubiertos.

Previendo esto, Roberto había estado hablando con algunos familiares y amistades durante los últimos meses con el propósito de convencerlos de que todo estaba muy bien planeado y que las probabilidades de un fracaso eran escasas. Para ello, el joven se reunió en repetidas ocasiones con cada una de estas personas. En esta especie de defensa de tesis de graduación, los participantes expresaban sus dudas, temores y preocupaciones acerca del peligroso viaje. Dichas preguntas tuvieron que ser respondidas y explicadas en detalles por el propio Roberto.

La contienda no fue fácil, especialmente con Carmen que cada día elaboraba nuevas interrogantes, pero los argumentos de su hijo reflejaban un amplio conocimiento del tema; algo que sólo fue posible gracias a un minucioso estudio del mismo. Poco a poco, el joven fue ganando no sólo la confianza de sus familiares y amigos sino también su disposición para participar en dichos planes.

Por esos días, Raúl fue a visitar a un primo suyo llamado Jesús, quien vivía en Santa Fe, un pueblo costero situado al Noroeste de la capital. A pesar de existir una estrecha relación entre ellos, ambos primos no se habían reunidos en los últimos meses.

Jesús era estudiante del último año de Licenciatura en Inglés. Al igual que la gran mayoría de la juventud cubana, Jesús tenía la preocupación de un futuro incierto en un sistema donde las aspiraciones de la población no iban más allá de conseguir el sustento de cada día.

-*¡Oye, que tiempo hacía que no te veía!* -Jesús no pudo ocultar su sorpresa.
-*Pero si yo no vengo a tu casa, tú tampoco vas a la mía.* -bromeó Raúl mientras abrazaba a su primo.
-*Ah, no digas eso. Tú sabes que estoy terminando la universidad y los exámenes finales ya están ahí.* -continuó el joven- *Bueno, y tú. . . ¿qué estás haciendo?*
-*Yo sigo ahí, machacando con los estudios, el trabajo. . .* -respondió Raúl- *pero mejor cuéntame ¿cómo están tus viejos?*
-*Los viejos están bien, trabajando. . . como siempre* -dijo Jesús con tono de desilusión.
-*Tú lo acabas de decir, "como siempre", la misma mierda* -Raúl interrumpió la frase con una inspiración profunda mientras una expresión irónica se reflejaba en su rostro- *Mira, si no tienes nada que hacer ahora, por qué mejor no nos vamos a dar una vuelta por la playa?*
-*¡Vamos! . . .y de paso recreamos la vista.* -aceptó Jesús con picardía.

Después de andar un rato por la orilla y conversar sobre temas variados, los dos jóvenes se sentaron de frente al mar. Allí, permanecieron por unos minutos en silencio con la mirada fija en el horizonte. . .

-*¡Me voy. . .!* -susurró Raúl rompiendo el silencio después de asegurarse de que nadie los escuchaba.
-*¿Ya, tan rápido?*
-*No me refería a la playa. Me refería al país.*
-*¡¿Eh?!* -exclamó su primo confundido.
-*¡Como lo oíste. . . me voy en una balsa!* -reiteró Raúl.

-*¿En una balsa. . .? ¿Tú estás loco?* -el tono de Jesús pasó de la sorpresa a la preocupación -*. . .mira que mucha gente se ha muerto en eso.*

-*¡¿Loco. . .?! Loco estaría si me quedo aquí. Nosotros vamos a llegar* -aseguró Raúl dejando entender que él no iba solo- *. . .he estado con unos socios planeando esto y entrenando muy bien por casi dos años.*

-*¡Cuídate! . . .y que tengas mucha suerte. Por mi parte, yo también me voy. . . conozco a una gente que tiene un negocio entre manos pa' comprar un bote y querían que yo me fuera con ellos, pero todavía no hay na' seguro* -confesó Jesús.

-*Bueno, ahora soy yo quien te digo que te cuides.* -advirtió Raúl explicando- *si los cogen con un bote, van a ir todos presos porque seguro que el bote es robado* (en Cuba la mayoría de las embarcaciones son propiedad estatal o de cooperativas afiliadas al Estado). *Además, el bote puede ser más rápido pero no necesariamente más seguro.*

-*¡Ah, compadre! ¿Tú me estás diciendo que una balsa puede ser más segura que un bote?* -Jesús preguntó incrédulo.

-*En serio. . .*-continuó Raúl- *los motores de esos botes son muy viejos y faltos de mantenimiento, muchos de ellos funcionan con piezas alteradas. Si se les se rompe el motor a mitad del camino, el oleaje de la Corriente del Golfo los puede hundir. En cambio, la balsa se mantiene a flote.*

-*¡Hmm. . .!* -la explicación del joven puso a pensar a su primo.

La conversación fue una especie de desahogo por ambas partes. Aunque no hubo proposiciones directas, Raúl vio en su primo la posibilidad de encontrar el quinto tripulante que necesitaban. Por otra parte, Jesús, sin poder dormir, estuvo hasta altas horas de la noche pensando en las advertencias de su primo sobre los peligros de escapar en un bote con motor. Después de horas meditando sobre el asunto, Jesús decidió consultarlo con Rita a primera hora de la mañana.

Rita era una clarividente muy conocida en Cuba por lo acertado de sus predicciones. Era una mujer alta y gruesa, de piel bronceada y cabellos negros y cortos. Sus ojos pardo-oscuros parecían acariciar con su mansa mirada. Ya entrada en la tercera edad, sus lentos movimientos sincronizaban en perfecta armonía con su apacible carácter. Además de sus dotes espirituales, el hecho de que ella no cobraba por sus consultas la hacía aún más genuina. Rita se limitaba a aceptar regalos y pequeñas donaciones aunque ella no los pedía.

Eran las diez de la mañana cuando el autobús que venía de Santa Fe, repleto de pasajeros, se detuvo en la esquina de las calles San Rafael e Infanta (una céntrica intersección habanera) y Jesús descendió del mismo. Con paso apresurado, el joven se dirigió hacia un pequeño y deteriorado edificio ubicado en el 818 de la calle Concordia, a pocas cuadras de allí. Una vez en el inmueble, Jesús avanzó por un pasillo lateral, al final del cual se encontraba una angosta escalera que lo condujo al segundo piso, donde estaba localizado el apartamento de Rita. Al llegar, Jesús golpeó ligeramente a la puerta. . .

-*¡Ya voy!* -respondió la señora desde el interior.
Unos segundos después, la señora abrió la puerta.
-*¡Buenas, Rita. . . cómo está usted?* -saludó Jesús.
-*Bien. . . con los achaques de la vejez. ¿Y qué es de tu vida? Ya hacía tiempo que no te veía.* -replicó ella dando la vuelta y regresando al interior del apartamento- *¡Ven, entra!*

El joven entró en la modesta sala comedor. Una copa de cristal transparente llena de agua, un pequeño ramo de girasoles en un jarrón blanco y una réplica metálica, de unas cinco pulgadas, con la figura del milagroso San Lázaro constituían todo el santuario de la señora demostrando su humildad espiritual.

-*Andaba por aquí cerca y decidí venir a darle una vueltecita.* -dijo el joven.
-*¡No me digas!* -exclamó Rita volviendo la mirada hacia el muchacho y dejando escapar una sonrisa maternal. La expresión de su rostro mostraba un escepticismo absoluto -*Ay, Jesús, los jóvenes de hoy en día no visitan a los viejos por gusto. Dime, ¿qué te trae?*
-*Me voy del país. . . y necesito su consejo.* -aún de pie, Jesús susurró algo nervioso.
-*Me alegra mucho que hayas venido a verme* -Rita replicó con serenidad mientras guiaba a Jesús hacia una pequeña mesa y dos sillas colocada en una esquina de la habitación- *. . .pero siéntate, necesitas relajarte un poco.*

Con movimientos inseguros, el joven se sentó descansando los codos sobre la mesa y entrelazando sus dedos. Sus ojos seguían atentamente cada acción de la señora. Después de extraer un desgastado juego de cartas del Tarot de una de las gavetas de la cocina, Rita tomó la otra silla y se sentó a la mesa, frente a Jesús. Sin decir palabras y sosteniendo el paquete de cartas entre sus manos en postura de rezo, ella cerró sus ojos e hizo una silente invocación.

Seguidamente, procedió a barajar las cartas. Después de unos segundos se detuvo, puso el paquete de cartas sobre la mesa. . .

-¡*Pártelo en tres y escoge uno!* -orientó Rita y el joven obedeció. La señora recogió las tres porciones colocando encima aquella que Jesús había señalado y comenzó a voltearlas sobre la mesa siguiendo un orden sistemático.

-*Las cartas me enseñan dos viajes por mar en la misma dirección* - las primeras palabras de Rita pusieron a Jesús con los pelos de punta.

<<*Yo nunca le dije que habían dos grupos. . . ¿Cómo lo supo?*>> - pensó el joven.

-*Aquí aparecen dos grupos diferentes. Uno es más grande, con mucha gente. ¡¡Hmm. . .!! Ese grupo no va a llegar, van a encontrar fuerzas opuestas. Se van a quedar a la deriva y van a regresar al punto de partida.*

<<"*Los motores de esos botes son muy viejos y faltos de mantenimiento, muchos de ellos funcionan con piezas alteradas...*">> -mientras Jesús escuchaba las predicciones de Rita, la advertencia de su primo hacía eco en su mente.

-*El otro grupo, de unos cinco, quizás,* -continuó la sabia señora- tendrá "asistencia". . . *pero eso es porque se la han ganado con mucha preparación y sacrificio. Ellos llegarán a su destino* - lentamente, Rita se inclinó hacia delante, clavó su mirada en los ojos de Jesús y con voz tenue y misteriosa le aconsejó- ¡*Si amas a tu trasero, no te vayas con el grupo grande!* ¡*Vete con el pequeño!*

Ambos sonrieron, el consejo de Rita y su sentido del humor lograron que Jesús se sintiera optimista y relajado.

-¿*Tienes alguna otra preocupación?* -preguntó la señora antes de concluir.

-¡*No, eso era todo!* ¡*Muchísimas gracias, Rita!* -respondió el joven.

La señora recogió las cartas y concluyó la sesión agradeciendo por la guía espiritual recibida.

Mientras Jesús descendía por las escaleras, se volteó haciendo un gesto de despedida con su mano derecha. Rita le respondió el gesto. . .

-*¡Buena suerte. . . y dile a los otros que vengan a verme!*
Esa misma semana, Raúl visitó nuevamente a su primo. Después del saludo habitual y una corta conversación, Raúl fue directo al asunto.

-*¿Bueno . . . y lo tuyo qué?* -preguntó.
-*No sé, no estoy muy convencido de ese viaje. . . sobre todo después de lo que me dijiste el otro día* -respondió Jesús.
-*Entonces, te voy a decir algo. . .* -Raúl hizo una pausa antes de continuar- *Estamos buscando a alguien que venga como timonel. ¿Estarías dispuesto?*
-*¡Por supuesto que sí, pero. . .* -se detuvo Jesús mostrando cierta preocupación- *. . .y la otra gente es de confianza?*
-*Con esa gente no hay problemas. . .* -aseguró Raúl- *pero eso sí, primero tengo que consultar con ellos pa' ver si están de acuerdo.*
-*Está bien, cualquier cosa me avisas* -aceptó Jesús- *pero déjame contarte algo. . . ¿Tú te acuerdas de Rita, aquella señora que tiraba las cartas?*
-*¡Claro que sí!* -asintió su primo- *A esa mujer vienen a verla gente de todas partes.*
-*Pues, fui a verla. . .* -con un tono misterioso y optimista, el joven procedió a narrar en detalles lo sucedido con la anciana- *. . .y hasta me pidió que los llevara a ustedes.*
-*Compadre, mira, estoy erizado porque. . .* -Raúl hizo una pausa- *yo no te lo había dicho, pero contigo ya somos cinco.*

Esa misma tarde, Raúl se reunió con los demás miembros del grupo.
-*Creo que encontré la gente que estábamos buscando pa'l puesto de timonel* -comenzó Raúl.
-*¡Sí! ¿Quién?* -se interesaron sus amigos.
-*Tengo un primo que vive en Santa Fe y está buscando cómo salir de aquí, es de confianza, está entrenado físicamente. . . y además, habla inglés.*
-*¿No es menor de edad, verdad?* -preguntó Gerardo.

*-No, tiene más o menos la edad de nosotros* -respondió Raúl.

*-Ese parece ser la gente que estamos buscando: familiarizado con el mar y también nos puede servir de interprete.* -comentaron los otros integrantes del grupo- *Entonces vamos a ponernos de acuerdo pa' reunirnos los cinco y así, aparte de conocerlo, podremos darle algunas orientaciones sobre la preparación del viaje.*

. . .Y así hicieron. A los pocos días se citaron los *cinco* en la casa de Carlos y Roberto. El primero en llegar fue Gerardo, quien _junto a los hermanos_ se dispuso a cortar (en bandas) unos sacos que serían utilizados para cubrir los neumáticos. De esta forma, las cámaras de aire serían protegidas del sol o cualquier objeto flotante que hiciera contacto con ellas durante la travesía. En ocasiones, objetos puntiagudos flotantes habían perforado los neumáticos de otras balsas poniendo en peligro la vida de sus tripulantes.

Una hora más tarde llegó Raúl, acompañado por el nuevo integrante. . .

*-¿Bueno qué. . .? por lo que veo, no han esperado por nosotros* -dijo Raúl mientras estrechaba la mano de sus amigos.

*-Estábamos adelantando el trabajo en lo que ustedes llegaban* -respondió Carlos.

*-Este es mi primo Jesús, de quien les hablé* -prosiguió Raúl de manera poco formal mientras el quinto tripulante estrechaba la mano de sus nuevos compañeros. *-. . .y ahora ven, quiero presentarte a Esperanza.*

*-¡Esperanza! No me dijiste que había una mujer en el grupo.* -comentó Jesús sorprendido al tiempo que su primo lo conducía al ático.

*-Ella es Esperanza.* -contestó Raúl sonriendo.

*-¡C'ñooo!* -exclamó Jesús mientras caminaba lentamente alrededor de la embarcación y la examinaba con asombro- *Yo me imaginaba una balsa, pero esto parece un Galeón.*

Unos minutos después, ambos jóvenes se reintegraron al grupo. Allí, Jesús relató brevemente cómo él había pensado escapar en un bote y cómo Raúl y las predicciones de Rita, la clarividente, lo hicieron cambiar de idea.

*-¡Perfecto. . . ya somos cinco!* -exclamó Roberto.

Entonces Gerardo _quien resaltaba por su habilidad de orador_ se encargó de poner al corriente a Jesús de todo lo que hasta el momento se había hecho. Mientras, los restantes miembros del equipo continuaron sus labores.

Ya pasado el mediodía. . .

-*¡Oigan! A mí me preocupa una cosa* -dijo Jesús poco antes de marcharse.

-*¿Qué?* -preguntaron sus nuevos compañeros.

-*Yo ya terminé los exámenes, pero pa' graduarme tengo que ir a un concentrado militar en la primera quincena de Mayo. Si no lo hago, estoy seguro de que van a mandar a alguien a mi casa pa' averiguar por qué.* -explicó Jesús.

Un *concentrado militar* es una movilización temporal con el fin de entrenar militarmente a personas que no son miembros activos de las Fuerzas Armadas. A dichos concentrados tienen que asistir todos los jóvenes del sexo masculino que hayan culminado sus estudios superiores sin haber pasado el Servicio Militar.

-*¡Hmm! Eso sí que está malo porque ya nos quedan pocos días, y aún nos faltan algunas cosas por asegurar* -dijo Carlos.

-*Bueno, de todos modos ve a esa movilización* -sugirió Roberto- *pero no pierdas contacto con Raúl; él te mantendrá informado.*

Ambos primos tomaron un ómnibus de la ruta 68 que los llevaría hasta casa de Raúl, en Víbora Park. Al descender del mismo, los dos jóvenes conversaron. . .

-*¿Bueno, qué te pareció el grupo?* -le preguntó Raúl a su primo.

-*De verdad que estoy sorprendido* -respondió este- *. . .yo nunca pensé que una gente pudiera estudiar y planificar tan bien un viaje como este.*

-*Oye, yo estoy seguro de que, si nos dejan meter las nalgas en el agua, todos vamos a llegar sin problemas* -aseguró Raúl. Las palabras del joven reflejaban una confianza total en sus compañeros.

Pasaron unos días, y el grupo se reunió nuevamente para acordar la fecha en que debían escapar. . .

*-He estado mirando el almanaque. . . -comenzó exponiendo Roberto- Pienso que en Mayo tenemos dos opciones: la primera y la última semana del mes. En esos días, las noches son oscuras porque hay Luna Nueva (el Sol ilumina la superficie lunar que está opuesta a la Tierra). Por lo tanto, será más difícil que nos vean.*
*-Yo creo que debería ser la primera porque mientras más nos acerquemos al verano, más difícil será llegar a la orilla -opinó Gerardo.*

Ellos sabían que en los meses de verano la vigilancia en la costa se hacía más férrea.

*-¡Eso es verdad! -continuó Carlos- . . .pero ya se está acabando Abril, y todavía no hemos podido conseguir la comida pa'l viaje.*
*-Además, tampoco hemos encontrado la casa que nos hace falta alquilar pa' preparar a Esperanza porque a ella hay que desarmarla pa' sacarla de aquí. A mí me parece que deberíamos dejarlo pa' la última semana -sugirió Raúl.*
*-Yo también creo que debemos escoger la última semana -intervino Roberto- Además de eso, tenemos que salir una noche de Lunes, Miércoles o Viernes, a la hora de la novela (9:30 - 10:30 PM), porque a esa hora todo el mundo se sienta frente al televisor. Pero eso depende del día que podamos alquilar la casa.*

El joven hizo mención a un serial brasilero titulado *"Vale Todo"* que televisaban esos tres días de la semana. A diferencia del resto de la programación de televisión, esta novela no tenía el contenido político marxista del cual el pueblo cubano ya estaba aborrecido. Por esa razón, todas las producciones brasileras retransmitidas en Cuba desde mediados de los años 80 gozaban de una audiencia nacional.

Después de discutir y analizar los pros y contras, los jóvenes decidieron fijar la fecha para la última semana de mayo.

*-Oye, cambiando el tema -intervino Raúl- tenemos que ponernos de acuerdo un día para tirarnos las cartas con Rita, la señora que fue a ver mi primo.*
*-¡Ah, compadre! Yo no creo en esas cosas. -respondió Roberto con cierto tono de burla.*
*-Además, tampoco tenemos tiempo pa' eso. -continuó Gerardo.*

*-¡Pues yo sí creo!* -replicó Raúl exaltado- . . . *y yo he escuchado que cuando esa señora dice algo, ponle el cuño que así va a ser. Es más. . . yo sí voy a ver a Rita.*
*-Bueno, tranquilo hombre, tranquilo. . .* -Roberto trató de calmar a su amigo- *¿Qué te parece si vamos este Martes, pasado mañana?*
*-Está bien, pero deberíamos ir todos.* -insistió Raúl.
*-Sí, sí, vamos todos.* -afirmó Carlos.
*-Bueno, avísale a tu primo pa' vernos allá el Martes, a eso de las diez.* -concluyó Roberto- *nosotros cuatro nos vemos aquí una hora antes.*

Y así fue, Raúl y Jesús acordaron encontrarse a la hora señalada en la parada de ómnibus ubicada próxima a la esquina de las calles Infanta y San Rafael.

El Martes, poco antes de las 9:00 AM, Raúl arribó a la casa de El Calvario donde Carlos y Roberto ya estaban listos. Unos quince minutos después, llegó Gerardo. Los cuatro jóvenes se dispusieron a esperar el ómnibus de la ruta 68 que los llevaría a su destino. Unos treinta minutos más tarde. . .

*-¡Prepárense que allá viene!* -avisó Carlos.
*-Oye, después que suban, caminen pa'l fondo que nosotros vamos casi hasta el final de la ruta.* -advirtió Raúl.

El autobús se detuvo y los cuatro jóvenes se disolvieron entre la multitud que se abalanzó sobre el mismo semejando el abordaje de un viejo Galeón por un grupo de piratas para robar su botín.

Eran recién pasadas las 10:00 AM cuando el autobús arribó a la parada de Infanta y San Rafael y los jóvenes descendieron del mismo. Allí se les unió Jesús, quien había llegado poco antes que ellos.

*-¡Buenos, días!* -saludó Jesús
*-¡Hey, cómo estás?* -saludó el grupo mientras estrechaban la mano del quinto integrante.
*-¿Llevas mucho rato esperando?* -preguntó Raúl.
*-No, acabo de llegar.* -respondió Jesús mientras comenzaba a andar- *Vamos, que es aquí cerquita.*

El joven condujo a sus amigos hasta el pequeño apartamento de Rita. Jesús y Raúl -quienes eran los más creyentes del grupo- caminaban más de prisa mientras los demás los seguían. Al llegar al apartamento de la señora, Jesús tocó a la puerta. . .

-*¡Ya va. . .!* -se escuchó la voz de Rita desde el interior del inmueble.

-*¡Buenos días!* -saludó Jesús al tiempo que la señora abría la puerta.

-*¡Hola, Jesús, que bueno que viniste!* -replicó Rita sin ocultar su alegría ante la visita de los jóvenes- *. . . pero pasen, pasen y siéntense.*

Jesús entró al apartamento mostrando cierta confianza mientras que los otros cuatro lo hicieron más cautelosamente. Según iban entrando, los jóvenes saludaban a la señora quien les daba la bienvenida con una suave y cálida sonrisa- *No tengan pena, agarren cualquier silla y siéntanse como en su casa.*

-*Ya veo que seguiste mi consejo.* -le dijo la anciana a Jesús mientras cerraba la puerta.

-*¡Sí!* -respondió este- *. . . y aquí le traje a los otros.*

-*¡Muy bien! Vamos a hacer una sesión con cada uno individualmente. Voy a hacer las mismas preguntas para cada uno de ustedes y entonces veremos que sale.* -explicó Rita- *Jesús, tú ven conmigo a la mesa y los demás esperen aquí.*

Roberto -quizás por su total ateísmo en todo tipo de religión o creencia que no fuese científica y materialmente factible- se acomodó en una silla de madera que estaba próxima a la puerta. Desde allí, él podía observar todos los movimientos de la señora. Raúl se sentó en otra silla similar a pocos pasos a la izquierda de Roberto. Carlos y Gerardo se sentaron en dos butacas individuales ubicadas en la parte derecha de la sala-comedor mientras Jesús se tomó asiento en la misma silla en que lo hizo durante su visita anterior. Todos permanecían en silencio. Se escuchaba el sonido producido por las sandalias de Rita al deslizarse sobre la pulida superficie de granito armonizando con el cadencioso balanceo del cuerpo de la anciana al caminar. Diez ojos seguían -como radares de movimiento- cada gesto de la vidente.

Rita regresó de la cocina barajando su desgastado paquete de cartas.

-*¡Bueno, ya tú sabes cómo es esto!* -dijo la señora al tiempo que, con notable esfuerzo, se acomodaba al otro lado de la mesa, de frente a Jesús.

Seguidamente, Rita cerró sus ojos, detuvo las cartas entre sus manos y adoptó una postura de rezo. La silente oración duró unos segundos solamente. Después, la señora extendió ambas brazos y depositó el paquete de cartas frente a Jesús.

*-La primera pregunta será si podrás salir del mar después que hayas entrado en él.* -dijo la vidente mientras cubría las cartas con sus manos. Rita se refirió al hecho de que muchos balseros desaparecen en el mar (ahogados o devorados por los tiburones)- *concéntrate y visualiza cómo tú crees que va a ser ese viaje. . .*
El joven cerró sus ojos por unos instantes. . .
*-¡Ya!*
*-Parte el paquete en tres y escoge uno.* -continuó Rita retirando sus manos y descubriendo las cartas.
*-¡Este!* -señaló Jesús el paquete del centro.
La anciana tomó los tres paquetes -dejando encima aquel indicado por el joven- y procedió a voltearlas sobre la mesa siguiendo un sistemático orden. En voz baja, la vidente parecía hablar con las cartas.
*-¡Aquí está!* -Rita apuntó con su índice derecho a una de las cartas-
*Esta es la carta del "sí". . . ya sabemos que tú vas a sobrevivir.*
Una expresión de alivio se reflejó en los rostros de ambos. Rita recogió todas las cartas y comenzó a barajarlas nuevamente. . .

*-Yo sé que tú no crees en esto.* -dijo la anciana volteándose inesperadamente hacia Roberto.
*-¡¿Eh. . .?!* -el joven no pudo ocultar su sorpresa.
*-Pero no te preocupes, todo va a estar bien.* -continuó la sabia señora para no hacerlo sentir mal.

*-Jesús, ahora quiero que visualices el final de este viaje, quiero saber si llegarás a tu destino o si serás interceptado por las autoridades.* -planteó la vidente repitiendo el mismo procedimiento con las cartas.

Nuevamente, Jesús dividió el paquete de cartas en tres y escogió el grupo del centro, y la señora continuó con su ritual.

*-¡Hm!* -Rita dejó escapar una leve exclamación al momento en que un gesto de desagrado se apoderó de su rostro.

*-¡¿Qué?!* -Jesús saltó en su asiento.

*-Esta es la carta de tu destino, que significa "la otra orilla", pero esta otra carta representa la autoridad* -explicó la anciana- *. . . y fíjate, la carta de la autoridad salió antes que la del destino. Eso quiere decir que te va a recoger un barco patrullero. Esta misma carta les tiene que salir a los demás porque van viajando en grupo, pero eso depende, por supuesto, de que la respuesta a la primera pregunta sea "sí".*

*-¿Y qué pasa si la respuesta es "no"?* -preguntó Raúl.

*-Entonces tengo que mandarle a hacer una "limpieza" a esa persona y después, regresar para repetir la pregunta. Si la respuesta vuelve a ser "no", entonces mi consejo es que no se vaya porque no va a llegar.*

Los jóvenes cruzaron las miradas entre sí; sus rostros reflejaban el temor a escuchar una predicción negativa una vez les llegaran sus turnos. Incluso Roberto, el más incrédulo, conoce el efecto que puede tener la predisposición en una persona.

Rita recogió las cartas y comenzó a barajarlas para formular la tercera pregunta.

*-Necesitamos saber si quienes te van a recoger son autoridades cubanas o americanas. Imagínate, Jesús, ese momento en que ves venir el barco hacia ti.* -planteó la señora poniendo las cartas sobre la mesa.

Jesús cerró sus ojos por unos segundos. Seguidamente, procedió a formar los tres grupos de cartas, pero esta vez, seleccionó el grupo de la derecha.

*-Vamos a ver. . .* -murmuró Rita prosiguiendo con su ritual.

Con marcada paciencia, la anciana iba volteando las cartas sobre la mesa, y en Jesús, la ansiedad aceleraba el movimiento de sus piernas.

*-¡Ah-ja!* -una ligera sonrisa acompañó la exclamación de Rita- *. . . no van a ser los guardias cubanos.*

*-¡¿No?!* -preguntó entusiasmado el joven.

*-¿Ves. . .? Esta carta dice que va a ser un extranjero.* -concluyó la señora.

La respuesta final causó júbilo entre los jóvenes, especialmente entre Jesús y Raúl. Estos últimos conocían de casos donde las predicciones de Rita se habían cumplido con extremo acierto. El ritual fue repetido individualmente con cada uno de los miembros del grupo. En cinco ocasiones, las respuestas fueron exactamente iguales. En efecto, como si se tratase de un mandato divino, las cartas claves repitieron invariablemente sus posiciones. Esto fortaleció la confianza que ya existía entre los futuros expedicionarios.

Para los hermanos Carlos y Roberto, la visita a la casa de Rita fue una experiencia única. Ellos nunca habían asistido a una sesión de ese tipo.

*-¿Señora, cuánto le debemos?* -preguntó Roberto mientras todos agradecían a Rita por la asistencia espiritual brindada.
*-¡Nada! Mi fe no me permite cobrar por mis servicios.* -respondió esta con su habitual sonrisa maternal- . . . *si la gente quiere y puede, me regala algo.*

Entre todos, los cinco jóvenes lograron colectar unos veinte pesos para dárselos a la vidente.

*-Muchas gracias. Ya saben que aquí me tienen cuando me necesiten.* -aceptó con humildad la señora- *¡Ah! Se me olvidaba. . .* -Rita detuvo a los jóvenes quienes ya se dirigían a la puerta- *Cuando lleguen a Miami, necesito que vayan a la iglesia de San Lázaro que está en Hialeah y le hagan una oración de agradecimiento, sobre todo tú, Gerardo, porque él ha sido muy generoso contigo en el pasado, cuando estabas en el vientre de tu madre.*

Los pelos de Gerardo se erizaron recordando las anécdotas de su madre sobre los anteriores embarazos perdidos y las complicaciones que tuvo para darlo a luz.

*-Y en cuanto a ti. . .* -se dirigió Rita a Roberto- *Tú vas a estar envuelto en algún trabajo relacionado con muchos papeles y esto te puede traer dinero. Así que ustedes. . .* -advirtió la vidente con tono picaresco a los otros cuatro jóvenes- . . . *no se separen mucho de este.*

Los cinco futuros expedicionarios se despidieron de Rita con un optimismo indescriptible. Para Roberto, especialmente, este encuentro estremeció los simientes de la filosofía ateo-materialista que por muchos años le había sido inculcada en la escuela.

Esa misma semana, Raúl consiguió que un amigo suyo llamado Antonio le prestara una motocicleta. Raúl y Roberto fueron a la playa con el propósito de alquilar una casa que estuviera ubicada convenientemente cerca de la orilla. Pero todo fue en vano, después de mucho buscar e indagar, tuvieron que regresar sin lograr su objetivo.

A la semana siguiente volvieron a intentarlo, pero esta vez fueron Roberto y su madre. Carmen tenía algunas amistades que trabajaban en la playa, y con ellos les sería más fácil encontrar algo. Así fue; localizaron una pequeña casa próxima a la orilla en la zona de Boca Ciega. Conversaron con la dueña y esta aceptó alquilársela por doscientos pesos al día, aunque no les ofreció ninguna garantía.

Aquellos días pasaron volando. El ambiente que se respiraba era de angustia y ansiedad.

Una tarde, después de regresar a su casa, Roberto se dirigió a la última habitación, sobre la cual se hallaba el ático. Al llegar allí, el joven se extrañó al no escuchar a su hermano trabajando como habitualmente lo hacía.

Al subir al ático, Roberto encontró a su hermano sentado sobre la balsa, en el mismo lugar que días más tarde sería su puesto de remero. Carlos estaba empuñando los remos delanteros, su imaginación volaba hacia el futuro, y su mirada _clavada en la popa_ se perdía en la nostalgia. . .

-*¿Ya has pensado en el tiempo que vas a pasar sin ver a tu hijo?* -le interrumpió Roberto.
-*¡Hm-hmm!* -asintió Carlos con un ligero movimiento de cabeza- *No puedo dejar de pensar en eso, pero estando allá lo voy a ayudar más que si me quedo aquí.*
Roberto sintió un dolor inmenso por su hermano y por aquel pequeño niño que apenas había comenzado a decir "*papá*". Sin cumplir aún sus dos años, el pequeño Juan Carlos estaba a punto de convertirse en otra víctima inocente de uno de los efectos negativos más notorios de los regímenes comunistas, la separación familiar.

Roberto se sentó en la esquina opuesta de aquella rústica e inconclusa estructura para compartir, en silencio, la pena de su hermano. Por más de media hora, ambos permanecieron allí, enmudecidos, melancólicos, ausentes del presente, viajando a través de viejas memorias.


Esa noche, Roberto se sentía tenso y ansioso. La proximidad de la fecha de la partida descargaba una tremenda presión psicológica sobre él. Entonces el joven _acompañado de su novia, Aliena_ decidió ir a caminar por el Malecón Habanero, un famoso paseo en el litoral norte de la capital frecuentemente visitado por turistas, caminantes y románticos. Más que novios, Roberto y Aliena eran buenos amigos y confidentes. Ellos disfrutaban mucho caminar y conversar tomados de la mano. En esta ocasión, sin embargo, el paseo no fue tan placentero como de costumbre.

Una mezcla de pensamientos y sentimientos giraba como torbellino en la mente de Roberto. Mientras caminaba en silencio, sus sentidos _como radares_ capturaban con tristeza lo que podrían ser sus últimas memorias de La Habana, aquella tan deteriorada pero aún hermosa ciudad que lo había visto crecer: el legendario Castillo del Morro, el olor inconfundible a salitre impregnado en las estructuras coloniales, la música de las olas que percuten en las rocas y el sonido de algunos autos y bicicletas circulando por la avenida más popular de la antigua metrópolis.

*<<Quizás esta sea la última vez que camine esta calle>>* -pensaba el joven cuando Aliena, quien estaba muy afectada por la partida de su amado, dejó escapar un sollozo.

*-¡¿Qué te pasa?!* -le preguntó el joven aunque él conocía claramente el origen de ese llanto.

*-¡Yo no quiero que tú te vayas!* -respondió Aliena entre sollozos aferrándose con ambas manos a la camisa de su enamorado y mirando a los ojos de este mientras las lágrimas bañaban sus rosadas mejillas.

*-¡No te pongas así!* -Roberto trató de consolar a su novia- *. . .ya nosotros hemos hablado sobre esto, y tú sabes que no puedo dejarlos solos.*

*-Yo no sé que voy a hacer cuando tú no estés* -dijo la joven mientras rompía a llorar desconsoladamente escondiendo su rostro en el pecho de su novio quien la abrazaba en silencio.

Aliena sabía que cada miembro de la tripulación tenía una tarea específica, y la función de Roberto _la orientación y el rumbo de la expedición_ era la de mayor importancia. En un desértico escenario marino donde todo es azul durante el día y negro en la noche, sin más referencia que una pequeña brújula y los astros, unos pocos grados de desviación en el rumbo pueden llevar a la expedición hacia un destino fatal.

Domingo, mayo 23 de 1993

Llegó el día señalado para rentar la casa. Aquella mañana acordaron encontrarse en la playa dos pequeños grupos. El primero compuesto por Raúl y Jesús; el segundo lo constituían Roberto, su novia y una prima de este llamada Yeney.

Poco antes del mediodía, se reunieron los dos grupos y fueron a ver a la dueña de la casa.

*-¡Buenos días, señora! ¿Cómo está usted?* -saludó Roberto.
*-¡Muy bien m'hijo, gracias!* -respondió esta reconociendo al muchacho.
*-Venimos por lo de la casa* -continuó el joven.
*-Está bien, pero van a tener que esperar* -contestó la señora- *porque la gente que en estos momentos la tiene alquilada está esperando a que la vengan a recoger para irse.*
*-¡No se preocupe! De todos modos, nosotros vamos a estar en la playa y regresaremos en unas horas* -concluyó el joven.

Pasó el tiempo. . . Eran casi las cinco de la tarde cuando Roberto llamó por teléfono a su casa y habló con su madre. La comunicación se hizo casi imposible debido a la antigüedad y el deterioro de las redes telefónicas. A duras penas, el joven logró escuchar que su primo Reinaldo llevaría una parte del artefacto en un pequeño auto verde olivo de su trabajo (marca GAS, de fabricación soviética) y lo dejaría en la mencionada casa, la cual _supuestamente_ ya debía haber sido rentada.

La balsa, que aún se encontraba en la casa de El Calvario, había sido desarmada el día anterior con el propósito de hacer posible su traslado.

Reinaldo _acompañado por Lázaro_ llegó alrededor de las seis de la tarde para recoger el cargamento, pero la situación estaba complicada. La carga debía ser sacada por la puerta del fondo ya que el frente de la casa daba a la calle principal (exactamente junto a una parada de ómnibus). Sin embargo, la salida por detrás tenía un inconveniente, la vecina del fondo era oficial de Contra- inteligencia Militar, y _aunque nunca habían tenido problemas con ella_ tenían que cuidarse.

El tiempo corría y no podían esperar más. Decidieron, entonces, correr el riesgo. Comenzaron a trasladar dicha carga hacia el auto ayudados por algunos familiares de la casa. El trabajo se realizaba con fingida naturalidad, como si se tratara de algo sin importancia, hasta que la mencionada vecina los interrumpió.

*-¿Qué van a hacer con esas tablas?* -preguntó indiscretamente la señora.
*-Quiero aprovechar, que esta gente me las regaló, pa' ver si puedo terminar de arreglar el techo de mi casa que tengo muchas goteras desde la tormenta* -la rápida y ecuánime respuesta de Reinaldo silencio a la vecina. Debido a la escasez de materiales de construcción, los techos de muchas viviendas dañados por la tormenta de Marzo aún no habían sido reparados.

A pesar de haber logrado (momentáneamente) deshacerse de la oficial, los dos jóvenes sabían que ella no se daría por vencida. Consecuentemente, decidieron poner en marcha el auto, dar una vuelta y parquear nuevamente, pero esta vez lo hicieron por el frente de la casa, es decir, justamente en la calle principal. . .

Eran poco más de las 7:00 PM. Didier acababa de llegar en su bicicleta para ayudar con el cargamento, y sin recuperar su aliento. . .
*-¡Oye, la playa está en candela!* -le dijo el joven a su padre.
*-¡¿Cómo. . .?!* -se alarmó este.
*-Me pasé la noche allá pescando con unos socios. . . y dos veces los guarda fronteras nos registraron la tienda de campaña, y hasta nos sacaron el nylon del agua pa' ver si de verdad teníamos puesta*

*carnada en los anzuelos.* -continuó Didier- *¡Eso estaba lleno de policías!*

Después de escuchar esto, Ramón se dirigió rápidamente a Carmen y la llevó a un rincón de la cocina.

*-Mira Carmen, aquí la única solución es salir para la autopista y botar todo esto. . .y decirle a los muchachos que la policía nos cogió y nos quitó todas las cosas.* -le propuso Ramón alarmado.

*-¡No Ramón, no! Yo no puedo hacer eso porque si mis hijos tuvieron confianza en mí, cómo tú crees que yo les voy a fallar ahora* -respondió Carmen mostrando un profundo convencimiento en sus palabras- *Yo sé que está en juego la vida de mis hijos, y quizás mañana me pueda arrepentir de esto que estoy haciendo, pero voy a pedirle mucho a Dios y a la Virgen porque yo tengo fe en que ellos van a llegar bien.*

Finalmente, acordaron continuar adelante con el plan que hasta ahora habían venido realizando. . . Y allí, ante las narices de todos, terminaron de montar la carga. Entonces, los dos jóvenes con el cargamento partieron rumbo a la playa.

En El Calvario quedaron el mástil con las velas y la botavara, los cuatro remos, el timón, algunos neumáticos y otras piezas que _por su tamaño_ no cupieron en el auto o porque _de ser detenidos por la policía_ podrían comprometer a Reinaldo y Lázaro.

Cayó la noche. . .
En la playa, el pequeño grupo de avanzada ya se mostraba impaciente.
<< *¿Los habrán cogido? ¿Se les habrá roto el carro?* >> -se preguntaban unos a otros.

Finalmente, llegó el esperado auto trayendo consigo un gran alivio para los muchachos que ya estaban pensando lo peor. El auto se detuvo frente a la pequeña casa. Reinaldo se bajó del mismo y se dirigió a Roberto.

*-¿Qué hacen ustedes aquí afuera todavía?* -preguntó el joven sorprendido.
*-Estamos esperando que esa maldita gente se acabe de ir -*respondió Roberto algo molesto- *Desde el mediodía, esa gente dijo*

*que estaban esperando a no sé quien que venía a buscarlos. Ya
tienen los bultos recogidos, pero todavía no se acaban de ir.*
*<< Será posible que todo lo que hemos planeado se vaya a joder
por culpa de esa gente>>* -pensó Roberto preocupado.

Eran pasada las 8:30 PM cuando, finalmente, la mencionada gente
_que tantos inconvenientes había causado_ abandonó la casa, y los
jóvenes se dispusieron a ocuparla. Le pagaron a la dueña dos días por
adelantado, un total de $400.00 (en Cuba, eso equivalía
aproximadamente al salario de dos meses de trabajo de un técnico-
profesional). Minutos después, introdujeron el cargamento en la casa
con extrema ligereza y sin hacer ruidos.

Alrededor de las 11:00 de la noche el auto regresó a El Calvario.
En él viajaron Roberto, su novia y Yeney además de Reinaldo y
Lázaro.

Esa noche, Raúl y su primo _quienes habían quedado al cuidado de
la casa_ trasladaron la carga hacia el mayor de los cuartos. Más tarde,
Raúl echó mano a una botella de ron y ambos jóvenes salieron a
caminar por la playa para conocer mejor la actividad nocturna de los
guarda fronteras en la zona.
Al llegar a la orilla, la improvisada patrulla se dividió. Jesús tomó
dirección Este y Raúl se dirigió al Oeste. Practicaron la misma
operación que debería realizar el grupo de apoyo la próxima noche. No
se habían alejado una cuadra uno del otro cuando Raúl se tropezó con
una pareja de soldados guarda fronteras.

*-¡Hey, cómo anda la cosa?* -con ese espíritu jovial y amistoso que
caracteriza a los cubanos, el joven invitó a los guardias a tomar un
trago. A fin de cuentas, él también había tenido que pasar por el
Servicio Militar Obligatorio y comprendía que aquellos soldados
preferirían estar en cualquier otro lugar antes que allí, *cazando
balseros.*
*-Todo bien.* -respondieron estos.

Raúl se sentó sobre la arena para conversar con ellos tratando de
obtener alguna información; mientras que Jesús _quien se había
percatado del encuentro_ permaneció oculto a poca distancia del lugar.

*-Estoy buscando a unos socios que vinieron con una tienda de campaña* -comentó Raúl a los soldados.

*-Yo creo que la gente que tú busca está unas cuadras más allá* - respondió uno de ellos señalando en dirección Este, hacia Guanabo.

*-¡Mi hermano!* -exclamó Raúl tratando de entrar en confianza- *¿. . .y ustedes tienen que meterse toda la noche aquí cogiendo sereno?* - preguntó el joven con inocente tono.

*-¡Bueno, no toda la noche! ¡Hasta que nos llegue el relevo!* - respondió el otro- *. . .nosotros, junto con otros dos que andan por ahí, tenemos que vigilar el tramo desde El Puente de Madera hasta La Rotonda de Guanabo* (poco menos de una milla).

*-¿¡Verdad que no debe ser fácil ese trabajito, eh. . . sobre todo cuando llegue el invierno!?* -dijo Raúl incorporándose- *. . . voy a seguir pa' ver si encuentro a los socios.*

*-¡Oye. . .!* -uno de los soldados llamó la atención del joven que se alejaba- *¡Gracias por el trago!*

Aquella noche fue larga, llena de insomnio y ansiedad.

Al día siguiente, la casa de El Calvario amaneció en pie de guerra. Era lunes, Mayo 24 de 1993: Día de la partida.  Todos los que allí se encontraban se levantaron temprano, y cada cual comenzó a hacer su trabajo disciplinada y organizadamente.  Sin embargo, la tensión se reflejaba en los rostros de aquellas personas.

Carlos ya había llegado del Cerro, donde se había quedado el día anterior para recibir a Rosa, su suegra, quien _irónicamente_ regresaba de visitar a su familia en Miami. . .

*-¡Mira lo que me trajo Rosa!* -Carlos se dirigió a su hermano mostrándole una pequeña linterna-llavero.

*-¡Eso es lo que nos hacía falta!* -exclamó Roberto.

Era pasada las 10:00 AM, y todo estaba listo para partir hacia la playa.

Se organizaron en pequeños subgrupos de dos o tres personas para no levantar sospechas, y así comenzaron a salir.  El primer subgrupo, compuesto por la tía Titi  (hermana de Carmen), su hija Yeney y Diany (novia de Raúl).  El segundo subgrupo lo formaban Carmen y su hija Zady; entre otras cosas, llevaban los cuatro remos.  Después, siguieron Gerardo y Ramón que cargaban con la vela mayor, un neumático y la radio-grabadora... quedando en la casa Carlos y Roberto, quienes esperaron unos diez minutos para salir.

Aquella despedida fue corta pero terrible. Sus dos abuelas (Cuca y Zoila) estaban allí, además de Aliena y Sonia (esposa de Ramón).

La abuela Zoila se mostraba más fuerte y disfrazaba su angustia con regaños como: "¡No hay que llorar por quienes no nos quieren y nos abandonan!" En cambio, Cuca y Sonia parecían un mar de lágrimas. . .

-*¡Yo sé que no los voy a volver a ver más!* -repetía la abuela Cuca desconsoladamente.

-*¡No digas eso, tú verás que sí. . .!* -le respondían sus nietos. Un nudo en la garganta les hizo casi imposible seguir hablando.

Los hermanos tomaron sus mochilas, el mástil, la botavara y la vela menor.

Aliena abrazó a Roberto; su cuerpo temblaba. . . y por mucho que se esforzó, no pudo evitar que las lágrimas recorrieran su enrojecido rostro. Roberto sintió que se le escapaba el alma mientras sus pies se negaban a caminar. El joven cerró sus ojos, besó y fuertemente abrazó a su amada. Hizo una inspiración profunda después. Una brusca media vuelta fue lo indispensable para decir adiós. El último subgrupo abandonó la casa cerrando la puerta tras de sí.

Era un día como otro cualquiera. La gente -en las calles- continuaba la interminable búsqueda del alimento del día. Unos esperaban impacientemente el transporte público para llegar a sus destinos. Otros -reunidos como siempre en el portal de la esquina de enfrente- se burlaban de la vida transformando en chistes la diaria agonía que padecen los cubanos. A pesar de las voces, el ruido esporádico de algún auto y el canto de los gorriones que se mezclaban con el silbido del viento, para los dos hermanos todo era silencio, un silencio casi absoluto. Sólo las palabras de su abuela, *"yo sé que no los voy a volver a ver más"* hacían eco en sus oídos. Al llegar a la esquina, se detuvieron para mirar por última vez su casa natal, aquellas centenarias paredes que el tiempo había desgarrado con su infinito pasar. . .

-*¡¿Qué. . . van de pesquería?!* -les preguntó un vecino en forma de saludo.

-*¡¿Eh. . .?!* *¡Sí, de pesquería!* -asintieron los hermanos con una forzada sonrisa y continuaron la marcha.

Mientras caminaban, los dos hermanos sentían como si las desgastadas suelas de sus zapatos tenis acariciaban el suelo donde pisaban. Atrás quedaban su hogar, el barrio que los vio crecer, los vecinos y amigos de toda la vida, todo un pasado de recuerdos y nostalgias. Al frente les aguardaba el futuro, un futuro desconocido, lejos de los suyos, una nueva vida llena de sacrificios, sueños y esperanzas.

<< *Nunca pensé que quería tanto a este viejo barrio* >> -pensó Roberto- << *Te voy a extrañar* >>

Al llegar a la autopista, ambos se encontraron con el resto del grupo que aún no habían conseguido transporte. Se mantuvieron separados, disueltos entre toda la gente que usualmente acudía a ese lugar en busca de transporte. Al poco rato, la tía Titi y su hija, Yeney, lograron montarse en un auto. Unos minutos después, Carmen divisó un camión de la empresa en la cual ella trabaja que se aproximaba. Diariamente, esta empresa enviaba materiales de construcción para las instalaciones turísticas que se estaban desarrollando en el área de la playa. Rápidamente, Carmen se apartó del grupo y comenzó a hacerle señales al conductor agitando sus brazos extendidos hacia arriba.

El chofer _al reconocer a Carmen_ detuvo la marcha y muchos de los que allí se encontraban se abalanzaron sobre el vehículo como pirañas que atacan a su presa. Los integrantes del grupo abordaron el camión fingiendo no conocerse debido a que otras personas ajenas a ellos también subieron al transporte.

Durante todo el camino, el grupo se mantuvo en silencio, especialmente Gerardo, Carlos y Roberto, quienes observaban con nostalgia cada tramo de carretera que iba quedando atrás, la misma vía que tantas veces habían transitado en sus bicicletas. Se despedían del paisaje que quizás nunca más volverían a ver. . .

A lo largo de la ruta, los pasajeros (ajenos al grupo) golpeaban el techo de la cabina para avisarle al chofer que detuviera la marcha cuando estos iban a descender. Uno a uno fueron abandonando el camión hasta quedar sólo los miembros del grupo. De esta forma llegaron a la playa. Después de bajarse del camión, el grupo se dispersó nuevamente, tomando cada subgrupo una diferente dirección para dar un rodeo. Fueron entrando a la pequeña casa rentada de la misma manera que salieron de la casa de El Calvario, separados y en pequeños subgrupos de dos o tres personas. . .

-*¿Cómo anda todo?* -les preguntó Roberto a sus dos amigos que habían pasado la noche en la mencionada casa.

-*¡Todo bien!* -contestó Raúl.

-*¡. . .Pero la noche fue terrible!* -añadió Jesús- *. . .unos mosquitos y una picazón con esos colchones sin sábanas.*

-*¡Bueno, arriba que tenemos mucho que hacer!* -precisó Roberto.

Inmediatamente, los cinco futuros tripulantes ocuparon los dos cuartos donde unos comenzaron a ensamblar la balsa mientras los otros se dispusieron a inflar los neumáticos utilizando un pequeño compresor eléctrico. Dicho compresor no era más que un antiguo motor de refrigerador acondicionado por Ramón para que su hijo inflara las gomas de su bicicleta. Las mujeres, por su parte, se mantuvieron en la cocina preparando almuerzo y refrescos que constantemente llevaban para los cuartos con el fin de mantener a los jóvenes saturados de líquidos.

Poco después del mediodía llegaron Gonzalo y Estela (padres de Gerardo) trayendo consigo dulce de guayaba y turrón de maní que _casualmente_ habían conseguido ese mismo día. Esto, sumado al agua con azúcar y la miel de abejas, ya completaba la dieta.

Más tarde, todos tomaron un descanso para almorzar y después regresaron a sus tareas.

. . .Ya era pasado las 2:00 PM cuando los jóvenes notaron que faltaba el arpón, un paquete de azúcar y otras cosas de menor importancia que _posteriormente_ fueron anotadas en una lista.

-*Hacer falta que alguien regrese pa' traer lo que se nos quedó* -sugirió Roberto.

-*Yo creo que no hace falta* -interrumpió Gerardo- *aquí tenemos bastante azúcar, y con la botella de petróleo que llevamos me parece que el arpón no va a hacer falta.*

-*No podemos dejar el arpón. ¿Qué haríamos si estando allá afuera se nos acerca un tiburón?* -concluyó Roberto.

Dicho arpón tenía como objetivo rechazar y mantener alejado cualquier tiburón que intentara acercarse a la balsa en caso de que la botella de petróleo no diera resultado.

*-¡Yo voy!* -dijo Carmen- . . .*los camiones de mi empresa pasan bastante seguido por aquí, por lo que podré hacer el viaje más rápido.*

*-¡Yo voy contigo!* -se ofreció Zady, su hija.

Inmediatamente se dispusieron a partir mientras que el resto del grupo permaneció en la casa.

Fue cayendo la tarde, y los síntomas de la despedida comenzaron a hacerse notar. . .

*-Oye, llégate hasta el cuarto y ve a ver qué le pasa a Gerardo* -le dijo Carlos a su hermano.

Roberto se dirigió al cuarto donde se encontraba su amigo, el cual estaba sentado en una esquina de la cama con los codos sobre sus rodillas, la barbilla descansando entre sus manos y la mirada baja. Roberto, de pie y con los brazos cruzados, se recostó a la pared y permaneció en silencio frente a Gerardo...

*-¡Tienen que llevarse al viejo mío porque si no, no voy a poder seguir!* -pidió Gerardo mientras se secaba sus lágrimas.

*-No te preocupes, yo me voy a encargar de eso* -trató de alentarlo su compañero.

Roberto fue a la cocina. . . y allí, en un rincón, estaba Gonzalo tratando _en vano_ de contener su llanto.

Gonzalo, golpeado por sus 60 años, es un hombre sencillo, humilde y trabajador, de carácter afable y voluntarioso. Al igual que su esposa, Gonzalo profesa un amor ciego hacia Gerardo, su único hijo.

*-¡No se ponga así, que todo va a salir bien!* -le aseguró el joven al padre de su amigo.

*-Es que no puedo evitarlo* -respondió Gonzalo entre sollozos- . . .*Gerardo es mi único hijo y me da mucho miedo perderlo.*

Roberto comprendió ese temor. Según las noticias escuchadas por la radio extranjera (especialmente Radio Martí), de cada diez balseros que se lanzan al mar sólo cuatro logran llegar a Estados Unidos... y eso no era un secreto para ellos.

Después de unos instantes de silencio. . .

*-Yo creo que si usted quiere ayudarnos, lo mejor que hace es irse para su casa y tratar de tranquilizarse* -le sugirió Roberto con cierto tono imperativo.

Aquellas palabras fueron, quizás, duras para Gonzalo. Sin embargo, él entendió que debía ser así. Gonzalo se dirigió al cuarto donde se encontraba su hijo, y allí, frente a él. . .

*-¡Hijo, cuídate mucho!* -con voz tenue y quebrantada, el padre imploró a Gerardo mientras mantenía la vista clavada en los desgastados tenis de su hijo intentando ocultar su desconsuelo.

Padre e hijo se abrazaron. Aunque el abrazo fue fugaz, bastó para que alguna lágrima de Gonzalo llegara a humedecer el hombro derecho de Gerardo. Después de eso, Gonzalo obedientemente se marchó.

Roberto lo acompañó hasta la calle. Al llegar allí, ambos se separaron. Gonzalo se dirigió hacia la parada del ómnibus, y Roberto tomó el rumbo de la playa. . .

*-¿Adónde vas?* -le preguntó Carlos al ver que su hermano se alejaba.

*-¡Por ahí. . .!* -respondió este con voz baja y mirada extraviada mientras continuaba su marcha.

Eran momentos terriblemente difíciles. Roberto sentía que aquella coraza de carácter frío y calculador que antes lo protegía, ahora lo estaba asfixiando, por lo que necesitaba desahogarse.

Durante unos minutos, el joven caminó por la arena. El cielo estaba gris, y el viento lo golpeaba en el rostro. El mar desataba su ira invadiendo con sus olas más allá de la frontera que le imponía la arena. Un aspecto invernal agregaba un tono de tristeza a la desierta playa.

Roberto se acercó a unos cocoteros y acarició con sus manos el áspero y encorvado tronco de uno de ellos. Por unos minutos, el joven permaneció allí _abrazando a su inmóvil compañero_ recorriendo con la mirada aquel paisaje costero que tantos recuerdos le traía. . .

*<< ¿Cuándo volveré a ver esta playa, mi familia. . .? ¿ . . .Y si no llegamos? ¿Qué será de ellos? >>* -mientras pensaba, el joven no pudo evitar que alguna lágrima escapase de sus ojos.

Roberto se volteó hacia el mar y se sentó lentamente sobre la arena. Su espalda baja rosaba levemente el tronco del cocotero, sus brazos rodeaban ambas rodillas presionándolas contra su pecho, sentía frío.

*<< ¡Claro que llegaremos! ¡Llegaremos, y un día voy a regresar! ¡Seguro que sí! >>* -se repuso Roberto a la vez que se secaba las lágrimas con las manos.

La empañada silueta del sol ya se había ocultado tras las nubes que cubrían el horizonte.

Carmen y Zady ya habían regresado de traer lo que se les había encargado. Los cinco jóvenes fueron hasta la playa para observar _por última vez_ el lugar de la partida. El viento soplaba cada vez con más fuerza, y las olas parecían multiplicarse. Y allí, reunidos en la arena, los cubrió la noche. . .

Separándose del grupo, Roberto y Gerardo se acercaron más a la orilla.
-*¿No crees que deberíamos esperar a mañana?* -dijo Roberto mientras examinaba el borrascoso firmamento. Las ráfagas de viento que lo golpeaban en su espalda.
-*¡¿Estás loco?! Mientras más tiempo pase, mayor es el peligro de que nos agarren.* - le recordó Gerardo.
-*¿No decía el almanaque que esta semana tendríamos Luna Nueva?* –preguntó el joven.
-*Eso decía.* –respondió Gerardo.
-*Que mierda, ni siquiera en el almanaque puedes confiar.* –Roberto respiró profundamente y movió la cabeza en un gesto de negación- *Tienes razón, tiene que ser hoy. ¡Regresemos con el grupo!*

-*¡Vamos pa' la casa! Vamos a descansar un rato que lo que nos espera más tarde no va a ser fácil.* -sugirió Gerardo mientras se acercaba al grupo.

Todos regresaron a la casa donde tomaron un pequeño descanso. Se sentaron dispersos sobre el piso, unos en la sala y el portal, otros en los cuartos. Estaban preocupados y tensos, pero decididos. Todos parecían sumergidos en sus propios mundos, callados y pensativos...

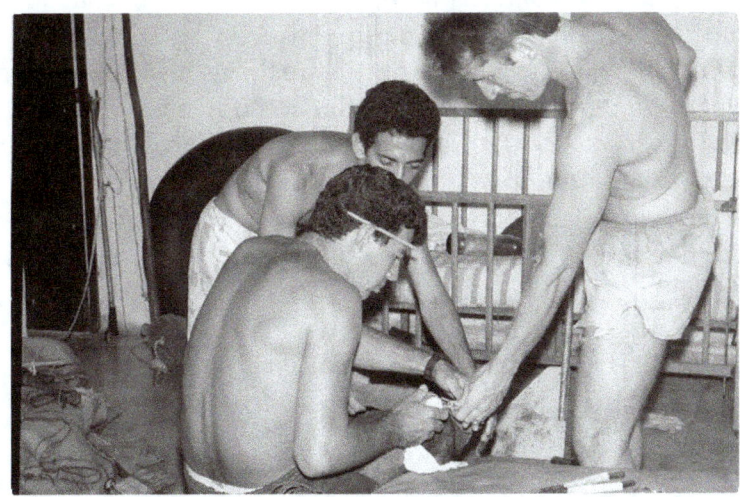

Carlos (de espaldas), Roberto y Gerardo confeccionan las velas en la casa de El Calvario. A la izquierda se observan trozos de lona, sacos, y al fondo, un neumático y el palo que hará función de botavara.

Cuatro de los jóvenes reunidos en casa de Raúl. De izq. a der.: Gerardo, Raúl, Roberto y Carlos

De repente, la puerta se abre. . .

-*¡¡Los guarda fronteras se fueron!!* -avisa Ramón irrumpiendo en la pequeña sala.

-*¡¿Eh. . .?!* -el brusco retorno a la realidad toma por sorpresa a los jóvenes quienes observan a Ramón con miradas perplejas. . .

-*¡Tiene que ser ahora o nunca! ¡Se largan ahora mismo o desarman ese aparato y se olvidan de esto pa'l carajo, pero tienen que decidirse ya!* -el tono imperativo de Ramón hizo que los cinco expedicionarios reaccionaran sobreponiéndose de la espontanea confusión. . .

-*¿Y ya está limpio el camino?* -pregunta Roberto.

-*No sé, voy pa'fuera a ver* -continua Ramón mientras sujeta la puerta ligeramente entreabierta- *pero ustedes estén preparados pa' cuando llegue el aviso.*

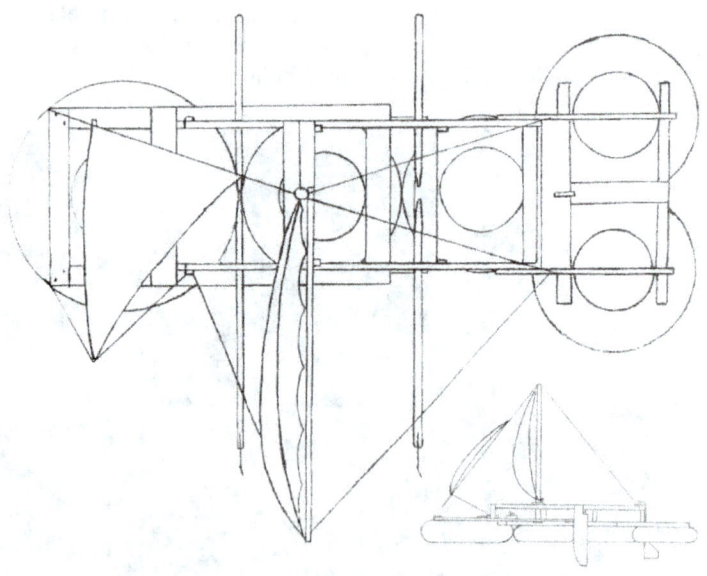

Dibujo de la balsa (Esperanza). Vista superior (grande), vista lateral (pequeña). Diseñado por Roberto

# 3
# La partida

Apenas la primera bocanada de humo había salido de la boca del soldado cuando la tía Titi, dirigiéndose al resto del grupo, había saltado de su asiento con la premura y expresión de quien acaba de recordar algo importante. . .

-*¡Oye, la novela. . . ya empezó y nos la estamos perdiendo!*
-*¡C'ñoo, verdad! ¡Ya son más de las nueve y media!* -asentiría el soldado (al parecer el líder de la patrulla) quien después de haber mirado su reloj, se apresuró a tomar su segunda bocanada de humo antes de pasar el cigarrillo a uno de sus compañeros- *¡Vamos a buscar por ahí algún televisor pa' ver la novela!*
En Cuba, debido a las cálidas temperaturas y la ausencia de equipos de aire acondicionado, los vecinos acostumbran ver la televisión con puertas y ventanas abiertas. El soldado se había referido a caminar por el vecindario hasta encontrar un televisor que pudiera ser visto desde la acera.

Carmen, captando inmediatamente la enmascarada intensión de su hermana, había sugerido. . .

-*¡Señores, vamos pa'l local de la zona que allí hay un televisor!*
-*¡No, no. . . nosotros no podemos ir allá! En la zona, podría vernos algún oficial.*
La respuesta del uniformado era de esperar, y la invitación de Carmen tenía el propósito oculto de alejar a los soldados.
La *zona* es una especie de oficina que se encarga de administrar todo lo relacionado a reservaciones en el área de las playas. Es algo así como el lobby de un pequeño hotel. Este local se encuentra a dos cuadras al oeste de la pequeña casa.

El improvisado pretexto de la novela había sido aprovechado por el resto del grupo que se encontraba en el portal. Pretendiendo que irían hacia la *zona*, comenzarían a retirarse Carmen, Estela, la tía Titi y su hija Yeney. Junto a ellas, pero en dirección hacia la costa, también continuarían su ronda los cuatro soldados quienes no habían notado nada sospechoso en la espontánea actitud de aquella gente. En el portal habían quedado Ramón, Zady y Diany. Estas últimas habían permanecido pegadas a sus asientos por el susto que se habían llevado. Momentos después, Ramón regresaría al interior de la oscura sala para informar a los cinco jóvenes expedicionarios sobre la situación afuera. Mientras tanto, Zady y Diany se levantarían y saldrían a caminar hacia la playa para observar dónde se ubicarían los guarda fronteras.

-*¡Mira, mira. . .!* -alertaría Zady a su amiga señalándole con un ligero gesto de cabeza hacia una oscura silueta que se erigía sobre la arena- *allí hay uno escondido.*
-*¡Sí, y está agachado! Vamos a esperar un rato para ver si se va.*

Habían llegado hasta la arena. Desdichadamente, la densa oscuridad no les permitiría ver más allá de la imaginación. Unos segundos más tarde, la luz de un auto que pasaba por la calle principal que bordea la arena iluminaría al supuesto vigilante.

-*¡Ay chica, eso es un tronco!* -exclamarían las dos muchachas con alivio y regresarían inmediatamente a la casa para avisar que los soldados se habían, en efecto, alejado.


Habían transcurrido sólo unos minutos desde que los cuatro soldados se habían parado junto a la pequeña verja para encender su cigarrillo, pero para aquella gente y especialmente para los cinco jóvenes pareció una eternidad.

Ramón sale de la casa y se une al resto del personal de apoyo que se reagrupa nuevamente en las afueras del portal.
-*¡Ya la gente está lista!* -informa Ramón- *¡Están esperando por el aviso!*
-*¡Bueno, pues. . . vamos!* -dice Carmen mientras agita a los demás con dos ligeros gestos de palmadas.
Todos se apresuran a ocupar sus posiciones previamente acordadas para montar la vigilancia que asegurará la partida de los cinco jóvenes quienes aún permanecen en el interior de la casa. Ramón y Zady forman una patrulla de avanzada. Tomados de las manos, fingiendo ser

una pareja de novios, caminan juntos desde el portal de la casa hacia la playa (el mismo recorrido que harán los expedicionarios minutos más tarde). Cuando lleguen a la orilla, la improvisada pareja se desviará hacia el oeste con el propósito de entretener a los guardias si estos regresan. Carmen permanece en la esquina norte de la calle que da hacia la avenida principal en cuyo lado opuesto comienza la arena. Es allí, donde está Carmen, el punto más difícil de la trayectoria entre la casa y la costa. Aunque aún escaza, la iluminación en esta avenida es mayor que en el resto de las calles; además, existe la posibilidad de un encuentro casual con algún vehículo que transite por el área. A unos cincuenta metros de Carmen, frente a la casa, se encuentra Diany para completar la cadena que llevaría el aviso a los futuros balseros. La tía Titi y su hija, Yeney, vigilan la esquina sur de la calle, cerca de la cual hace su ronda el policía que una hora antes había estado parado frente a la casa. Estela se mantiene a mediación de cuadra como punto de enlace entre la tía Titi y Diany.

Los cinco jóvenes permanecen en el interior de la casa en posición de partida (mochilas en hombros y parados a ambos lados de la balsa), de frente a la puerta, esperando que esta se abra con la señal de partida. Ellos no saben cómo se desenvuelve la situación afuera, pues asomarse al portal sería muy riesgoso para ellos. La tensión y la incertidumbre han alcanzado límites inimaginables, los corazones laten muy deprisa y la respiración se hace dificultosa.

Son las 10:20 PM cuando todo parece estallar con la llegada del aviso:
    -¡¡*Ahora!!* -dice Diany mientras abre la puerta en toda su amplitud.

A través de sus estrechos marcos, los jóvenes comienzan a sacar la embarcación con mucha dificultad. *Esperanza* (puesta de lado) pasa justamente por la mencionada puerta, por lo que los jóvenes tienen mucho cuidado para no dañar los neumáticos con alguna astilla. Uno de ellos va comprimiendo con sus manos los neumáticos según estos van pasando por la puerta. Hay que evitar a toda costa que las delicadas gomas se dañen al rozar el áspero madero. Sin embargo, no pueden perder tiempo. Aunque toda la casa está oscura, uno de los pocos faroles del alumbrado público que permanece encendido, está ubicado precisamente frente a la casa, del lado opuesto de la estrecha calle. El primer neumático, perteneciente a la rueda trasera de un tractor agrícola, es el más grande y grueso. El paso del mismo a través de la angosta abertura se dificulta como un bebé al pasar por el apretado orificio materno que lo conduce a la luz. Casi treinta segundos les toma a los cinco jóvenes pasar el enorme neumático por aquella puerta. Eso es demasiado tiempo. Afortunadamente, las restantes cámaras son más pequeñas y no ofrecen gran resistencia al pasar.

Estando ya *Esperanza* en el portal, los *cinco* ocupan nuevamente sus posiciones a ambos lados de ella, la alzan y emprenden una precipitada carrera. Los pasos son cortos e inestables; el peso del aparato y la incomodidad de su traslado hacen muy trabajosa la marcha. . .

Ya han rebasado la verja que limita el portal de la casa. Ante la ausencia de acera, el camuflado grupo se desplaza silenciosa y apresuradamente por la orilla del pavimento portando la pesada compañera. Siguen la trayectoria previamente calculada, bordear la calle desde la casa hasta la intersección con la avenida principal (que es el punto donde se encuentra Carmen), después cruzar la iluminada vía y adentrarse en la espesa oscuridad que cubre la arena para finalmente alcanzar la orilla. Ya se aproximan a Carmen cuando esta _desde su punto de vigilancia_ hace señales con sus brazos extendidos para que los jóvenes se detengan. Diany, quien avanza paralelamente al grupo, inmediatamente se percata de la situación y avisa a los expedicionarios, pero estos ya están a mitad del camino y no pueden retroceder. . .

-*¡Paren, paren!* -susurra Roberto

Los jóvenes se detienen al unísono, descienden a *Esperanza*, la apoyan suavemente sobre el asfalto y la cubren con sus cuerpos encorvados formando un gran bulto a la orilla de la solitaria calle. En la distancia, la inmóvil silueta negra podría confundirse fácilmente con un auto estacionado en la oscuridad. La rapidez con que reaccionan los jóvenes y el silencio en sus movimientos da la impresión de que realizan un ejercicio practicado con anterioridad.

A poca distancia de ellos, por la calle principal, un hombre se acerca en una bicicleta. . .

No son pocas las anécdotas escuchadas por aquellos jóvenes sobre fracasados intentos de salida del país a consecuencia de encuentros casuales de este tipo. Por eso todos se mantienen inmóviles, excepto Carmen, quien ha comenzado a caminar lentamente para no llamar la atención de aquel ciclista que _en ese momento_ está pasando junto a ella.

El hombre continua su camino sin darse cuenta de lo que está sucediendo. Cuando el inesperado ciclista se ha alejado lo suficiente, Carmen _con movimientos oscilatorios de su mano derecha_ da la señal de que pueden continuar.

Los jóvenes se incorporan, levantan a *Esperanza* y continúan la apresurada marcha seguidos de cerca por Diany. Llegan a la calle principal y se esfuerzan por acelerar el paso aún más ya que este es el punto de mayor peligro en el traslado hacia el agua. Afortunadamente, la calle esta desierta; en lugar de ruidos de motores y bocinas de autos, sólo se escucha el silbido del viento y el estruendo de las olas que es estrellan en la orilla. Carmen se ha desplazado hacia el extremo opuesto de la avenida principal y ha comenzado a adentrarse en la arena donde su silueta empieza a desvanecerse en la oscuridad. Sin descuidar la vigilancia, ella observa a los expedicionarios que ya se aproximan. . .

-¡¿*Y esa luz. . .?!* -todos se sorprenden.

En el momento justo en que los expedicionarios están cruzando la avenida principal, toda la intersección es iluminada por una intensa luz que perfora con su blanco haz el espeso manto negro que cubre la playa. Por un instante piensan que se trata del reflector con que la guardia fronteriza vigila la costa, pero a pesar de ello, no se detienen.

-¡*Apúrense!* -Roberto exprime las reservas de aliento en sus pulmones para lograr que su voz alcance los oídos de sus compañeros.

La carrera por alcanzar la arena se vuelve casi frenética lo que acelera el proceso de agotamiento de los cinco jóvenes. Ellos desconocen que el causante de todo es un autobús (con las luces altas) que _después de girar_ se aproxima justamente por la misma calle donde se encuentra la casa, unas dos cuadras más al sur. El autobús se detiene al llegar a la esquina donde se encuentra la tía Titi y su hija, Yeney, para dejar un pasajero.  La tía Titi advierte a su hija sobre el peligro que representa aquella luz para el grupo que escapa y ambas se deciden con rapidez tomar acción.  La mujer y su hija se desplazan hacia el centro de la calle y comienzan a caminar en dirección al autobús mientras el conductor del mismo conversa con el pasajero que va a descender.  A medida que se acercan al vehículo, las sombras provocadas por sus cuerpos se van haciendo más grandes.  La tía Titi y Yeney se detienen a unos tres metros delante del vehículo, parándose justamente una delante de cada farol.

La acción de la mujer y la niña devuelve la oscuridad al lugar. . .  y con ello, el aliento a los jóvenes que ya han rebasado el extremo opuesto de la calle y se adentran en la arena.

Unos segundos después. . .

-*¡Bueno compadre, que tengas buenas noches!* -el pasajero se despide del conductor del bus.
-*¡Buenas noches a ti!* -responde este cerrando la puerta para continuar su recorrido.

La tía Titi y Yeney se apartan para darle paso al autobús y toda la calle se ilumina nuevamente.  Afortunadamente, el vehículo comienza a girar hacia la derecha en esa intersección para continuar su ruta hacia Guanabo.
Para ese instante, los cinco jóvenes están pasando junto a Carmen, quien apretándose el pecho con ambas manos deja escapar un quebrado y tembloroso adiós. . .
-*¡Vayan con Dios!*

Roberto, quien está más próximo a ella, dirige la mirada hacia su madre y _ayudado por el último destello de luz proveniente del autobús_ observa que de sus brillosos ojos brotan lágrimas de emoción y dolor.  Emoción, la que experimenta una madre al ver a sus hijos convertidos en hombres capaces de enfrentar sus destinos.  Dolor, el que siente esa madre al saber que quizás ese sea el último adiós. . .

-*¡Cuí... cuídense ustedes!* -la demanda de oxígeno a consecuencia de la agotadora carrera apenas le permite a Roberto articular palabras.

El pequeño grupo continúa su marcha hacia la orilla escoltados por Carmen y Diany. El peso del artefacto y las mochilas que llevan hace que los pies de aquellos jóvenes se hundan en la fina y abundante arena, la cual parece aferrarse a ellos para no dejarlos avanzar.

Carmen advierte que su blanca camiseta _en medio de la oscuridad_ podría delatar la presencia del grupo, por lo que se tiende sobre la arena seguida inmediatamente por Diany. Allí, las dos mujeres se mantienen inmóviles, silenciosas, acompañando con la mirada la negra silueta de los expedicionarios que va desapareciendo en la oscuridad.

A medida que avanza el grupo, las pisadas van hundiéndose cada vez más, la marcha se hace más lenta y angustiosa, y el anhelo de llegar al agua se convierte en desespero, pero el agotamiento es extremo y algunos de los jóvenes caen de rodillas a sólo unos pasos de la burbujeante espuma. Junto a ellos, también cae *Esperanza*.

-*¡Arriba, ya casi llegamos. . .!* -se animan unos a otros.

El final de la marcha se transforma en un reto a la voluntad humana. Los que se han caído continúan empujando, avanzando casi a arrastras mientras tratan de recuperarse.

En ese momento se escucha una especie de grito a boca cerrada, un alarido que recuerda al que emite un levantador de pesas al romper su propia marca. . .

-*¡Hahhh!* -al mismo tiempo que la proa de la balsa comienza a surcar la arena.

Jesús, quien es el más corpulento del grupo, ha levantado la parte posterior del aparato hasta la altura de su pecho y _desafiándose a sí mismo_ ha comenzado a empujarlo. Sus amigos no desaprovechan la ocasión, y con un último esfuerzo logran llegar a la orilla donde las inquietas aguas se preparan para darles una fría bienvenida.

La pesada balsa cae sobre la encrespada superficie donde la abundante espuma parece acolchonar su impacto. Apenas los jóvenes han logrado mojarse los pies cuando la primera ola los ataca a la altura de la cintura. El brusco contraste de temperaturas entre el calor corporal (producto de la carrera) y el frío del agua provoca en los jóvenes un intenso deseo de orinar, pero no es momento para detenerse. Sin embargo, sus vejigas no pueden esperar y la térmica sensación de la orina se siente descender por los muslos de los cinco expedicionarios. Tres de los jóvenes (Carlos, Roberto y Jesús) continúan empujando la balsa hacia lo profundo, necesitan alejarse lo más pronto posible de la orilla. Mientras, Raúl y Gerardo regresan a la arena para recoger el tanque de agua con azúcar que había sido ocultado anteriormente.

La expedición _a duras penas_ se abre paso entre la multitud de olas, pero el mar se niega furiosamente a ser invadido por aquellos jóvenes quienes, en repetidas ocasiones, son lanzados hacia atrás por el embate de las olas. A pesar de que el nivel del agua alcanza escasamente a la cintura, los expedicionarios ya están completamente empapados debido al fuerte oleaje.

Raúl y Gerardo se incorporan al grupo trayendo consigo el pesado tanque y colocándolo en la parte posterior de la balsa. Entonces, siguiendo un orden que habían planeado con anterioridad, Roberto (el más ligero de todos) sube de primero a la balsa y comienza a colocar los remos delanteros en sus posiciones; estos habían sido atados con el propósito de que no se cayeran durante el traslado del aparato. El remo de babor (izquierda) queda listo, pero el de estribor (derecha) se enreda. Carlos _quien aborda en ese momento_ rompe la cuerda de un tirón, coloca el remo en su lugar y empata el cordel de seguridad para que no se fuera a extraviar el apreciado instrumento. Los tres restantes tripulantes continúan empujando la balsa desde abajo. Entretanto, Roberto se traslada hacia el centro del aparato para no estorbar a su hermano que ya ha comenzado a remar.

La lenta marcha de *Esperanza* no puede detenerse porque, de hacerlo, serían arrastrados hacia la orilla por la marejada.

Rápidamente, Gerardo sube para acomodar los remos posteriores. Después le sigue Jesús, quien tiene la responsabilidad de atar y asegurar las mochilas, el mencionado tanque de agua con azúcar (que constituye la principal reserva de alimentos para la travesía) y más tarde, ensamblar el timón. Mientras tanto, Raúl continúa empujando desde abajo hasta que pierde el fondo bajo sus pies.

El último hombre se dispone a abordar la embarcación por el lado de babor (lado izquierdo). El joven intenta hacerlo, pero la mochila que lleva en sus espaldas se ha llenado de agua y el peso de la misma lo hace caer hacia atrás. Raúl no se da por vencido e intenta subir una y otra vez, pero su esfuerzo es en vano; está extenuado y sus brazos ya no quieren responderle. Aunque sus manos se mantienen aferradas a uno de los troncos laterales de la balsa, Raúl queda completamente sumergido en el agua. . .

Carlos, quien continúa remando, acelera aún más el ritmo de sus brazos. Mientras los remos posteriores no estén listos, él sabe que los suyos son el único medio de propulsión con que cuenta la balsa. Aunque el joven advierte lo que le está sucediendo a Raúl, Carlos no puede abandonar sus remos. De hacer esto, las incesantes olas arrastrarían a la expedición hacia la orilla. Tampoco puede avisarles a sus amigos porque una sola voz humana en aquella desértica playa se escucharía como una alarma. Jesús, de frente a la popa (parte posterior de la embarcación), asegura el tanque de agua con azúcar y las mochilas para que no se vayan a perder en las oscuras aguas. Gerardo _quien se encuentra más próximo a Raúl_ está terminando de acomodar los remos y no se percata de lo que a su lado ocurre. Roberto está sentado sobre la base del mástil (de espaldas a Raúl) extrayendo los salvavidas de una de las bolsas para comenzar a repartirlos. En un momento en que da un vistazo a su alrededor para ver cómo se desarrolla la situación, advierte la ausencia de Raúl sobre la balsa. Roberto se voltea rápidamente para buscar a su amigo y logra distinguir _en la oscuridad_ las manos de Raúl aún aferradas a la estructura, justamente junto a Gerardo. . .

-*¡¡Gerardo, ayuda a ese hombre!!* -susurra el joven con voz baja y tono autoritario.

Ellos habían planificado y organizado muy cuidadosamente la partida para, precisamente, evitar hablar durante la ejecución de la misma. No obstante la seguridad de Raúl está en peligro y Roberto no ha tenido otra alternativa que romper el silencio.

La reacción de Gerardo no se hace esperar. Inclinándose sobre la borda, este introduce su brazo derecho en el agua y sujeta a su amigo por el cuello de la camisa. Raúl hace un último intento y _ayudado por Gerardo que tira de él hacia arriba_ logra pasar su cuerpo por encima de la pequeña baranda del lado izquierdo de la embarcación.

Por unos segundos, con las piernas aún dentro del agua, Raúl queda tendido sobre la balsa para tomar aliento. Con movimientos algo lentos y casi exhausto, el joven procede a liberarse de la pesada mochila que tantos inconvenientes le había causado. Jesús toma la mochila de su primo y la acomoda junto a las otras, en la parte posterior de la balsa, al mismo tiempo que la asegura atándola con un trozo de cuerda. Momentos después, Raúl _quien ya ha recuperado parte de su aliento_ recoge sus pies fuera del agua y se apresura a ocupar su posición de remero (a la izquierda de Gerardo).

El rugiente mar continúa sacudiendo la pequeña embarcación, y la densa oscuridad cubre todo haciendo desaparecer el horizonte hacia el cual ellos se dirigen. En su lugar, sólo queda un manto negro en el que es imposible diferenciar el cielo y el mar, pero el espíritu aventurero y las ansias de libertad de aquellos jóvenes se imponen sobre las adversidades y la expedición va dejando atrás las aguas poco profundas donde los rompientes de las olas los habían sacudido despiadadamente.

Una vez la pequeña embarcación ha entrado en aguas relativamente más tranquilas donde las olas, aunque son más grandes, no se enroscan sobre sí mismas, Roberto se dispone a sacar los chalecos salvavidas de una de las mochilas. El joven se coloca el primer chaleco que extrae de la bolsa debido a que necesita desplazarse sobre la movediza estructura. Es precisamente en estos cambios de posición cuando el tripulante tiene mayor peligro de ser lanzado al mar por una ola. Después de haberse ajustado su rústico salvavidas, Roberto toma los restantes cuatro chalecos y va poniéndoselos a Carlos (quien acciona los remos delanteros) y a Gerardo y Raúl (quienes manejan los remos posteriores). De esta forma los remeros no tienen que detener su trabajo. Finalmente, el joven le entrega el último chaleco a Jesús para que él mismo se lo ponga y regresa a la parte delantera de la balsa a ocupar su posición de remero, junto a Carlos, su hermano. Una vez ocupado su puesto. . .

-*¡Amárrense la soga de seguridad!* -le susurra Roberto a sus amigos mientras él va atando la suya.

La *soga de seguridad* es una cuerda fina y resistente (de poco más de tres metros de largo) que cada tripulante lleva consigo. Uno de sus extremos debía ser atado a la balsa, el otro al cinturón de los pantalones de cada uno de ellos. El resto de la cuerda sería enrollada y guardada por cada cual en uno de los bolsillos de sus pantalones para evitar que esta se enrede y entorpezca el movimiento de la tripulación.

Según anécdotas escuchadas por aquellos jóvenes durante los dos años de estudio y preparación que precedieron la travesía, una caída accidental al agua les ha costado la vida a muchos balseros. En algunas ocasiones, esta caída es producida por el golpe de una ola (usualmente durante la noche) que logra volcar la pequeña embarcación o lanzar al agua a uno de sus tripulantes. En la mayoría de los casos, los propios balseros se lanzan al mar a consecuencia de alucinaciones provocadas por la insolación, el hambre, la sed, el agotamiento extremo y el desesperante deseo de ver tierra (esto explica por qué tantas balsas vacías han sido encontradas en las proximidades de la costa este de la Florida). Cuando estas personas _después de sumergirse_ regresan a la superficie, se encuentran con una corriente de agua que se desplaza entre tres y cuatro millas por hora (aproximadamente la velocidad de andar de un hombre joven) que los arrastra alejándolos de sus embarcaciones. Si esto ocurre de día, la persona pude ser ayudada por sus compañeros de viaje quienes _si aún se hallan en buen estado físico y mental_ podrían desviar el rumbo de la embarcación y remar a su encuentro para socorrerlo. Durante la noche, sin embargo, la situación puede ser fatal.

En una noche sin Luna (que fueron los días escogidos por los cinco jóvenes para evitar ser vistos durante la fuga), la oscuridad es casi absoluta. En semejantes condiciones, aquel que cae al agua _sin estar atado a la balsa_ generalmente desaparece. Esto ocurre porque el ser humano no posee (o ha perdido debido a su evolución) la capacidad de ubicar con precisión la dirección de procedencia de un sonido (todo aquel que haya tratado de encontrar un grillo en la oscuridad ha experimentado esto). Si no existe contacto visual entre los miembros de la tripulación y el que ha caído al agua, la situación se torna en una pesadilla viviente. Los que permanecen a bordo escuchan los desesperados gritos de auxilio del desafortunado, y enloquecidos, gritan y reman a ciegas hacia todas direcciones tratando de encontrar al naufrago. Pero sus gritos se van escuchando cada vez más lejos, confundiéndose con los rugidos de un implacable mar (que cobra bien caro el error humano) hasta que, finalmente. . . silencio. Todo lo que hace sólo unos instantes fue voces y desesperación, se transforma en un silencio ancestral y una quietud escalofriante que sólo se siente al encontrarse frente a frente con la muerte. Entonces, la pesadilla se convierte en una desgracia y aquellos apagados gritos quedaran grabados en la memoria de los sobrevivientes haciendo eco en sus sueños por el resto de sus días.

La expedición continúa avanzando lentamente; atrás va quedando la playa con los estruendosos sonidos que producen las olas al estrellarse contra la arena. También allá queda el pequeño y sacrificado grupo de familiares y amigos que _por ayudar a los cinco jóvenes_ se habían expuesto a ser apresados, multados y sometidos a la marginación social que acompaña a todo aquel que ha sido declarado en desacuerdo con el régimen.

El viento del este continúa arreciando, y las olas _que ahora son más grandes pero menos encrestadas debido al aumento de la profundidad_ van arrastrando a la pequeña embarcación hacia el oeste. . .

Jesús, quien ya ha asegurado las mochilas con las provisiones y el tanque de agua con azúcar, se dispone ahora a ajustarse su chaleco salvavidas. Después, él tendrá que ensamblar el timón en la popa. Debido a que él se encuentra sentado en la parte posterior de la balsa, con la costa a sus espaldas, Jesús también desempeña la función de observador del frente. El resto de la tripulación continúa remando y _al estar sentados de espaldas a la proa_ mantienen la vigilancia sobre la retaguardia y los laterales. Ellos saben que tienen que estar alerta porque muchos balseros son capturados en aguas costeras por pescadores armados al servicio de la Guardia Fronteriza.

Después de haberse alejado una distancia prudencial del rompiente de las olas, Gerardo y Raúl dejan de remar y se preparan para colocar las dos orzas tal como se había planeado en tierra. Mientras, Carlos y Roberto aumentan la frecuencia de sus brazos para contrarrestar la ausencia temporal de los remos traseros. . .

-¡¿*Las quillas. . .?! ¡Se nos quedaron en la casa!* -la sorpresa de Gerardo se difunde al instante hacia sus compañeros de viaje. La joven tripulación se paraliza y los dos remos delanteros también se detienen.

Las *quillas* _como les llaman aquellos jóvenes a las orzas_ son dos piezas de madera de cuatro pies de alto por uno de ancho. Las mismas debían ser dispuestas de forma vertical, una a cada lado de la balsa, justamente debajo de los remos posteriores. Su función principal es dar estabilidad a la embarcación para evitar que esta sea volcada por el oleaje o por una incorrecta maniobra de la tripulación con las velas. Además, la parte superior de estas quillas serviría de base para los remos traseros, los cuales habían sido montados en una base provisional con el fin de ganar tiempo y alejarse de la costa lo más pronto posible.

*-¡No puede ser. . .! -*exclama Roberto con marcado pesar- *¡Esas quillas nos hacen mucha falta para el viaje!*

Por unos segundos los cinco jóvenes observan en silencio las dispersas luces que desde la costa llegan. . .

*-¡Pero ya estamos aquí y no podemos regresar a buscarlas! -*asegura Gerardo.
*-¡Claro que no! -*confirma Roberto- *¡Tenemos que seguir sin ellas!*

Los cuatro remos comienzan a moverse nuevamente, y la frágil embarcación continúa su desplazamiento. A pesar del fuerte oleaje, los jóvenes han logrado sincronizar sus movimientos gracias a las muchas horas de entrenamiento que ellos habían dedicado en tierra, pero la corriente costera _ayudada por los fuertes vientos_ continua arrastrando a los expedicionarios hacia el oeste. . . y en sólo una hora los ha trasladado a más de dos millas del lugar de donde habían partido.

*-¡Estamos frente al hotel Marazul! -*advierte Carlos.

Se encuentran a poco más de una milla de la costa, pero están muy familiarizados con la zona por lo que no les ha sido difícil determinar su ubicación.

*-¡Tenemos que seguir! -*se animan unos a otros sin dejar de remar.

La situación se torna algo desesperante ya que muy cerca de allí se encuentra Tarará, un antiguo campamento de Verano para niños (que el Gobierno estaba acondicionando para el turismo extranjero), en cuyas playas está ubicada una pequeña unidad de guarda fronteras. Dicha unidad cuenta _entre otras cosas_ con un radar estático, un radar móvil colocado sobre un vehículo, un carro reflector y lanchas rápidas. Todo esto, con el objetivo de incrementar la vigilancia costera y detener las fugas ilegales del país que tienen lugar frecuentemente por esa zona.

Eso no es desconocido para los cinco jóvenes, especialmente para Gerardo, quien había estado trabajando en dicho campamento como guía de niños durante los últimos tres años. Por varios meses, el joven había estado observando y recopilando información sobre las actividades y rutinas de la mencionada unidad.

Por mucho que se esfuerzan, el avance es lento y la marejada continúa arrastrándolos. Poco tiempo después los cinco balseros y su maltrecho navío estarían navegando frente a las costas de Tarará.

Los jóvenes se preparan para tratar de sobrepasar la vigilada zona. Todo cuanto pueden hacer es estar alerta para dejarse caer hacia atrás y mantenerse inmóviles junto a la balsa en caso de que advirtieran un cono luminoso rastreando el horizonte. Para ello, los cuatro remeros concentran la observación sobre la costa tratando de hallar el menor indicio que pudiera delatar la presencia de un reflector, pero Jesús mantiene la vista al frente para evitar ser sorprendidos por algún bote pesquero.

Sin embargo, no todos son inconvenientes. El oleaje _que ha estado entorpeciendo el desplazamiento de la embarcación_ sirve también de cobertura a la expedición evitando que puedan ser detectados por el radar. No obstante, la posibilidad de que la guardia fronteriza utilice el reflector constituye un peligro latente.

Ya es pasada la media noche, y las condiciones climáticas se mantienen invariables. . .

Tarará ya ha quedado atrás. Asimismo, la zona _considerada por los expedicionarios_ de mayor peligro. Al parecer los pescadores, quienes noche tras noche vigilan las aguas costeras, han permanecido en tierra porque no hay una sola luz en todo el oscuro mar.

Durante las siguientes horas la trayectoria de la balsa sería muy similar a las horas anteriores: el viento y las olas irían arrastrando la embarcación hacia el oeste. Por otro lado, la voluntad de aquellos jóvenes _reflejada en cuatro incesantes remos_ haría que la expedición se alejase cada vez más de la costa. Así, iría desfilando todo el litoral habanero (*Bacuranao*, *Alamar*, *Cojimar*, etc.) dibujándose cada vez más y más pequeño en el horizonte.

*-¡Ya estamos frente a Habana del Este!* -advierte Carlos.

*-Si seguimos así, vamos a llegar a la bahía* -dice Gerardo.

*-¿Por qué no ponemos las velas aquí mismo? ¿No nos alejaríamos más rápido?* -pregunta Carlos a modo de sugerencia.

*-¡Claro que sí!* -responde Roberto- *Con este viento. . . volaríamos, pero si todavía no las hemos puesto, es porque nos poden descubrir con el radar.*

*-Pero si no lo hacemos ahora, vamos a amanecer pegados a la costa. . . y entonces sí que va a ser peor* -interviene Raúl.

*-¡Eso es verdad!* -lo apoya Jesús.

Son casi las cuatro de la madrugada, y la expedición se encuentra a unas cuatro millas (o quizás menos) de la costa. Para esa hora, la vigilancia regularmente ha disminuido.

*-¡Está bien, vamos a poner las velas!* -accede Roberto después de pensar en las palabras de sus amigos. Definitivamente, están atrasados. Ellos habían calculado perder de vista la costa antes del amanecer, pero el mal tiempo les está jugando una mala pasada.

Inmediatamente, los inexpertos marinos recogen los remos y comienzan a desatar el mástil, el cual había sido amarrado sobre la banda de babor (izquierda) para hacer posible su traslado desde la casa hasta la playa.

El mástil, confeccionado con un tronco de árbol, sobrepasa los diez pies de longitud. En él se encuentran arrolladas la vela mayor con su botavara y una cuerda fina que permitiría desplegar o recoger dicha vela sin necesidad de desmontar el mástil. También están dispuestas tres cuerdas tensoras que ayudarán al palo mayor a soportar los embates del viento. Dos de estas cuerdas deberán ser atadas a ambas esquinas de la parte posterior de la balsa respectivamente. La tercera cuerda va sujeta a la esquina derecha de la proa. Esta última sirve de eje (una especie de mástil inclinado unos 70°) para la vela menor o foque con sus dos respectivos tensores y botavara.

A pesar de la oscuridad y el agotamiento de varias horas de remo ininterrumpido, los jóvenes balseros se mueven con gran ligereza y muy seguros de sí mismos, parece que deseaban que ese momento llegara. . .

-*¡Ya está. . .!* -avisa Raúl terminando de soltar el último amarre.

Carlos y Roberto se disponen a llevar el mástil a su posición vertical.  Para ello, se ubican en el centro de la embarcación y a ambos lados de la base donde descansará el palo mayor.

La base tiene en su parte superior un agujero por el cual deberá pasar el extremo inferior del mástil para después apoyarse sobre una caja de bolas fijada al fondo de dicha base.  La función de esta caja de bolas es permitir que el palo mayor gire sobre sí mismo y, de esta forma, aumentar la capacidad de movimiento de la vela mayor.  Esto facilitaría la correcta ubicación de la vela para un mejor aprovechamiento del viento.

Con un poco de dificultad debido al peso de la vela mojada y a la inestabilidad de la balsa, los dos jóvenes logran elevar el mástil verticalmente.  Raúl y Gerardo, sentados detrás de ellos para mantener el equilibrio, sujetan a sus amigos quienes -de rodillas- intentan en repetidas ocasiones pasar el tronco por el estrecho orificio.  Pero la densa oscuridad y el movimiento de la marea impiden que los hermanos logren su objetivo. . .

-*¡Vamos a tener que usar la linterna!* -propone Roberto.
-*Pero nos podrían ver desde la orilla* -previene Gerardo.
-*Podemos hacer una pantalla pa' que la luz no salga de aquí* -sugiere Carlos.

Los jóvenes se agrupan hombro con hombro formando una especie de barrera alrededor de la base del mástil.  Roberto extrae del bolsillo de su camisa la pequeña linterna-llavero que le habían regalado a su hermano dos días antes.  La misma había sido envuelta cuidadosamente con una bolsa de nylon para que no se mojara.  El joven retira la envoltura y enciende la diminuta linterna.  Su blanca luz contrasta con la ciega oscuridad que los rodea sirviendo de ánimo a aquellos balseros que _por unos segundos_ pueden verse las caras.
Mas no hay tiempo que perder.  Carlos _quien no ha soltado el mástil_ lo alza nuevamente y logra acertar el estrecho agujero.

Después deja deslizar el tronco a través de dicho orificio hasta que la punta de este penetra en la caja de bolas situada en el extremo inferior de la base...

-¡*Al fin!* -exclaman los jóvenes. . . y se apaga la luz.

Roberto envuelve nuevamente la linterna en la bolsa de nylon y la regresa a su bolsillo.

Inmediatamente, se dan a la tarea de desenrollar las cuerdas tensoras y amarrarlas según habían convenido: Gerardo y Raúl atan dos de estas cuerdas a la parte trasera (popa) a ambos lados de la balsa; la tercera es tomada por Roberto para amarrarla al extremo delantero (proa), justamente en la esquina derecha. Para lograrlo, el joven tiene que extenderse hacia la proa, muy próximo al agua, pero al bajar la cabeza siente que una desagradable sensación de mareo lo hace perder el control. Sin soltar la cuerda, Roberto se aferra a la embarcación para no caer al agua mientras una involuntaria contracción desde su estómago asciende por el esófago hasta su garganta. Afortunadamente, su estómago está vacío y el vómito no llega a producirse aunque inevitablemente algo de saliva escapa con el repelente gesto. Por unos segundos, Roberto permanece allí, inmóvil sobre la esquina derecha de la proa. . .

El malestar pasa rápidamente dejando sólo algunos rezagos. Roberto _a duras penas_ termina de atar la cuerda tensora, se refresca la cara con agua del mar y _en silencio para no alarmar a los demás_ regresa a su puesto. Allí sacude bruscamente su cabeza, fija la mirada en un punto imaginario (debido a que la oscuridad es casi absoluta) y permanece estático por unos instantes. Una profunda inspiración refleja su alivio; el mareo ha desaparecido.

El joven se incorpora para ayudar a su hermano, quien tiene lista la botavara para desplegar la vela mayor.

La botavara _de igual manera que el mástil_ había sido construida con un tronco de árbol de unos ocho pies de largo. Su función, además de servir de guía a la vela, es darle solidez a esta formando un ángulo de noventa grados respecto al palo mayor.

Raúl comienza a cobrar la cuerda que va desplegando dicha vela. La cuerda, atada al extremo libre de la vela, se desliza a través de una pequeña rondana situada en la punta de la botavara y hace que el rústico triángulo de lona se despliegue completamente.

Carlos y Roberto regresan a la proa para terminar de alistar la vela menor o foque. . .

La vela menor _al igual que la *mayor*_ ha sido confeccionada de forma triangular utilizando una lona de tienda de campaña. A diferencia de la *mayor*, el foque es más sencillo; no posee mástil porque una de las cuerdas tensoras del palo mayor hace la función de este. Su botavara se encuentra fijado a la parte inferior de dicha vela cuya dimensión es de seis pies de alto por cuatro de ancho (en su parte inferior).

La función de la vela menor o foque es aumentar el aprovechamiento del viento porque agrega más superficie al área de barlovento de las velas (flanco donde el viento sopla haciendo desplazar la embarcación) y elimina, además, los pequeños torbellinos originados por la acción del viento sobre la cara posterior de la vela mayor (cara de sotavento). De esta forma, la velocidad de la embarcación aumenta.

Una vez soltado el foque, este es ubicado y fijado en la posición correcta por los dos hermanos quienes, después, regresan a sus puestos. Desde allí, Roberto orienta a Raúl para corregir la posición de la vela principal. Raúl _siguiendo las instrucciones de su amigo_ hace girar la vela hacia sí mismo logrando que esta se hinche en toda su amplitud, y *Esperanza* comienza a desplazarse. . .

Para esa hora, el viento ha disminuido su intensidad considerablemente, por lo que la tripulación decide continuar remando. Están desesperados, tienen que perder de vista la costa antes de que amanezca. Así se mantienen remando por espacio de unos veinte minutos más...

*-No creo que valga la pena seguir remando* -opina Roberto- . . . *me parece que estamos yendo a la misma velocidad que si usáramos las velas solamente.*

*-Yo creo lo mismo* -afirma Raúl.

*-¡Si fuera por mí. . . yo seguiría pa' lante!* -Carlos demuestra su disposición de no detenerse.

*-Es mejor que descansemos ahora porque mañana vamos a tener que remar duro* -le sugiere Roberto.

*-¡Eso es verdad, pero. . . y que hay con la comida?* -pregunta Jesús en tono jocoso después de haber permanecido horas en silencio.

*-¡Hmm. . . tú tienes razón!* -lo apoya Gerardo- *¡Ya es hora de comer algo!*

Gerardo -quien años atrás se había graduado de técnico veterinario- desempeña el cargo de *médico* de la expedición. Entre sus funciones está controlar la alimentación de la tripulación. Su equipaje lo constituye una mochila de primeros auxilios con suficiente vendaje, medicamentos para combatir el mareo, sales de rehidratación oral, aguja e hilo para suturar posibles heridas, vendas adhesivas, etc.

Los remos son recogidos y asegurados en el interior de la balsa. Gerardo toma un pomo plástico transparente de dos litros (utilizado originalmente para embazar refresco de Cola y que _meses atrás_ el mismo Gerardo había recogido vacío del césped del hotel *Marazul* después que algún turista lo tirara a la hierba). El pomo ahora contiene una mezcla de agua, azúcar, zumo de limón, miel de abejas y un poco de sal. Gerardo sujeta el embase con ambas manos a la altura de su pecho y lo sacude bruscamente para batir su contenido. Después lo destapa, se empina un sorbo de aquel líquido color ámbar claro y se lo pasa a Raúl mientras una expresión de desagrado asoma a su rostro.

Raúl toma el pomo y repite la acción de su amigo. . .

*-¡'Ñooo!* -protesta el joven en tanto extiende su brazo derecho para darle la botella a Carlos- *¡Eso sabe a rayo!*

*-Creo que se les fue la mano* -dice este refiriéndose a Gerardo y Roberto que fueron quienes prepararon dicha mezcla.

*-No importa compadre. El problema es echar algo pa'dentro* -Jesús comienza a hacer gala de su buen apetito.

Todo aquello no son más que bromas para sonreír y aliviar las tensiones y preocupaciones del viaje.

*-¡La verdad es que está fuerte!* -admite Roberto después de probarlo.

*-Eso es lo mejor que tiene* -argumenta Gerardo- *nos hacen falta muchas calorías pa' mantenernos en forma.*

Navegan a unas cinco millas de la costa, frente a La Playa del Chivo, una franja costera situada entre el reparto conocido como La Habana del Este y el castillo de El Morro.  Este último se erige sobre una imponente roca desafiando el tiempo, el viento y el mar mostrando desde lo más alto de su torre, el legendario faro que parece barrer el horizonte con su extenso brazo luminoso. . .

La expedición continúa avanzando aunque ahora más deprisa por la ayuda de las velas y la notable disminución de las embestidas de las olas.  Los fuertes vientos y la marejada han cesado, quedando en su lugar, una fresca brisa y un suave balanceo.

Los cinco jóvenes se acomodan lo mejor que pueden para descansar y recuperar fuerzas para la próxima jornada.  El agotamiento de casi seis horas ininterrumpidas de remo, sumado a los efectos secundarios de un medicamento para evitar el mareo que habían ingerido antes de zarpar y la indescriptible sensación de paz y tranquilidad provocada por tan desolado paisaje, sumerge a aquellos jóvenes en un profundo sueño.

Jesús (izq.), Gerardo y Roberto (detrás) y Raúl (der.).  Al fondo, la vela menor ya ha sido desplegada.  La vela mayor aún se encuentra recogida.  Foto tomada por Carlos (desde la popa)

# 4
# El siguiente día

-¡*Ustedes están locos. . .!* -la voz de Zady, dirigiéndose a su hermano Roberto, parece venir del más allá.

-¡*No, Zady, no. . .!* -responde el joven- *No estamos locos. Todo está muy bien planeado; estoy seguro de que vamos a llegar.*

-*Es que yo no lo puedo creer* -continua la muchacha- *. . . yo los estoy ayudando, y hasta les cocí los salvavidas, pero sigo creyendo que ustedes están locos.*

-*M'hijo, yo tengo confianza en ustedes, pero. . .* -Carmen, su madre, interrumpe la conversación y continua después de una pequeña pausa- *¿. . . por qué te bamboleas así?*

-¡¿*Bambolearme. . . yo?!* -una espontánea confusión se apodera del joven.

<< ¡*Oh, estaba soñando!* -despierta Roberto regresando a la realidad- ¡*Pero . . . aquello es El Morro?* >>

Sobre el horizonte, a unas ocho millas, se observan los destellos luminosos del faro de *El Castillo del Morro* que _como brillante centinela_ custodia la entrada de la bahía. También se pueden ver las luces de los edificios capitalinos, y cuando la pequeña embarcación es elevada por alguna ola, se logra divisar hasta una línea intermitente que dibujan las altas farolas que iluminan la avenida del *Malecón* habanero.

-¡*Ahora sí que estamos jodidos!* -exclama Carlos- ¡*Ya está amaneciendo y todavía estamos frente a la bahía!*

El tono de Carlos parece un chiste más que una preocupación, y es sucedido por una ligera sonrisa de sus compañeros de equipo que ya se incorporan. Sin embargo, ellos saben que cuando amanezca aumentará el peligro de ser divisados por los potentes equipos de observación que posee la guardia fronteriza.

*-Tenemos que aprovechar ahora que estamos frescos* -sugiere Carlos mientras comienza a posicionar su remo.

*-¡Agarra Jesús. . .!* -Roberto _dirigiéndose a su amigo que está en el timón_ le entrega una brújula deportiva de fabricación alemana que llevaba en un bolsillo de sus pantalones- *¡ . . . ya es hora de que la uses!*

La brújula tiene forma de una pequeña caja plástica, negra, con un cordón acondicionado por el fabricante para colgarla del cuello. La cajita está compuesta por dos piezas: base y tapa (muy parecida a aquellas polveras que usan las mujeres para retocarse el maquillaje). En la base se encuentra el limbo giratorio, un cilindro transparente de unos cuatro centímetros de diámetro por uno de alto, en cuyo interior se halla una aguja magnética sumergida en aceite. Esta aguja magnética está sostenida del centro del limbo por un diminuto eje el cual le permite a la aguja girar libremente en busca del norte. El borde externo del limbo está marcado por una escala de 360° en color verde fosforescente para facilitar su lectura durante la noche. Esta escala permite calcular con precisión un azimut (ángulo que se forma entre una dirección determinada y el norte magnético). Para la expedición, sin embargo, esta última función es irrelevante porque ellos se dirigen precisamente hacia el norte; sólo tienen que navegar hacia donde apunta la aguja imantada. La tapa posee _en su superficie interna_ un pequeño espejo circular con un diámetro similar al limbo giratorio.

Jesús toma el preciado instrumento y se lo cuelga del cuello para evitar que se le caiga al agua en un descuido.

*-¡Oye! Vamos a reforzar las reservas antes de empezar* -propone Gerardo tomando la botella con aquella empalagosa mezcla.

*-A mí me parece buena idea* -asiente Jesús rápidamente.

Hacia el este, una estrecha y tenue franja gris comienza a delimitar el horizonte separando el cielo y el mar, avisando que el amanecer se acerca.

Después de haber tomado el *desayuno*, la tripulación ocupa sus puestos y comienza a remar. Para sorpresa de ellos, observan decenas de diminutas luces de color verde fosforescente que se mueven debajo y alrededor de la balsa. Las mismas aparecen y desaparecen en los pequeños remolinos y turbulencias que se producen bajo los remos y entre los neumáticos que soportan la estructura de madera, parecen un enjambre de luciérnagas bailando una caprichosa danza sobre las oscuras aguas. Es un fenómeno realmente hermoso, pero impresionante.

-*¡Oye, rubio! ¿Qué son esas luces allá abajo?* -Jesús, algo aterrado, se dirige a Gerardo.

-*No sé compadre, pero si tanto te asustan, no las mires.* -le responde este con voz fuerte.

-*¡Jesús. . .! Tú concéntrate en la brújula y el timón, y olvídate de todo lo demás.* -interviene Roberto con tono autoritario.

Mientras reman, los jóvenes tratan de encontrar una explicación lógica a aquel fenómeno totalmente desconocido por ellos. Roberto y Gerardo, quienes son los más estudiados del grupo, no tardan en llegar a la conclusión de que algunos microorganismos fosforescentes emiten esa luz al ser agitados. Aunque quizás no estén en lo cierto, la explicación logra satisfacer la curiosidad de los tripulantes.

La expedición no se detiene. Allá en el horizonte, La Habana parece sumergirse muy lentamente en el profundo mar; sólo permanecen sobre la superficie el faro de El Morro y la parte superior de algunos edificios.

La oscuridad del cielo comienza a retirarse. En su lugar va apareciendo un nuevo paisaje celeste con diferentes tonalidades. Estas van desde gris azulado en el oeste hasta un intenso dorado hacia el este anunciando el despertar del astro rey. El inmenso mar _que horas antes era un manto negro e infinito_ va tomando un color azul-añil que muestra la profundidad de sus aguas.

-*¡Ya está amaneciendo! ¡Tenemos que bajar las velas!* -advierten los jóvenes.

Inmediatamente la tripulación detiene los remos. Gerardo y Raúl sueltan las dos cuerdas tensoras de popa y se disponen a replegar la vela mayor para arrollarla sobre el mástil. Los dos hermanos recogen el foque. Seguidamente, Roberto se inclina hacia la proa para soltar el último tensor que sostiene al palo mayor mientras Carlos se arrodilla en el centro de la balsa y _sosteniendo también la botavara_ agarra el mástil, lo saca de su base y lo coloca transversalmente sobre la embarcación para ser atado firmemente a la misma. La forma organizada en que los jóvenes actúan es el resultado de una ardua preparación en tierra, y cada maniobra constituye un cúmulo de experiencias para la joven tripulación.

Los cuatro remeros regresan a sus posiciones y continúan la marcha. Ahora, sin velas, será más difícil ser vistos por alguna lancha patrullera ya que los expedicionarios, sentados en sus puestos, no alcanzan los cuatro pies sobre el nivel del agua. . .

Los primeros rayos de la aurora empiezan a surcar el cielo abriéndose paso entre la multitud de nubes. Simultáneamente, un incandescente anillo naranja comienza a emerger sobre las lejanas aguas.

-*¡Ya está saliendo el sol!* -se animan los jóvenes.

Aquel hermoso amanecer acapara la atención de los cinco balseros quienes _sin dejar de remar_ no cesan de admirar la belleza de ese instante.

-*¡¡Miren. . .!!* -exclama Carlos señalando con su brazo izquierdo extendido hacia el este.

Un pequeño punto gris junto al naciente sol delata la presencia de un barco. El suceso origina diferentes conjeturas entre la alarmada tripulación. . .

-*¡Debe ser la lancha guarda fronteras que viene a cogernos!* -las suposiciones de Raúl son compartidas por sus compañeros.

Por medio de conversaciones con balseros que habían sido capturados, los cinco jóvenes habían llegado a la conclusión de que en muchas ocasiones la patrulla marítima utiliza equipos de radar y vigilancia nocturna para ubicar en el mar a aquellos que han logrado burlar la férrea vigilancia terrestre. A la mañana siguiente, aprovechándose del desplazamiento extremadamente lento de las balsas, las autoridades envían las lanchas rápidas del guardacostas para interceptar a estos grupos.

*-¡Pues, entonces que nos cojan remando!* -vocifera Gerardo en tono desafiante.

*-¡Seguro que sí!* -lo apoya Roberto apretando fuertemente su remo y posteriormente se dirige al tripulante que se encarga del timón- *¡Jesús, siéntate más abajo y baja un poco la cabeza!*

Roberto toma esta medida porque el asiento del timonel es la posición más alta que tiene la balsa (sin el mástil y las velas).

Los remos comienzan a batir con más fuerza, y la pequeña embarcación aumenta su velocidad. El silencio y la expresión en los rostros de aquellos jóvenes reflejan una mezcla de rebeldía y rencor ante la impotencia de luchar contra un régimen que no vacila en disponer de todos los recursos a su alcance para reprimir a un pueblo al que mantiene en la más denigrante miseria. Es ese sentimiento de frustración ante la impotencia de luchar contra ese régimen lo que hace multiplicar las fuerzas de aquellos inexpertos remeros.

Un rato después, la expedición continua su maratónica ruta, y aquel diminuto punto gris sobre el horizonte ha ido creciendo a medida que se ha ido acercando la temida nave. . .

*-¡Aquello no parece una lancha guarda fronteras!* -comenta Carlos mostrando cierta inseguridad en sus palabras.

*-¡Yo creo que no!* -opina Gerardo- *. . . porque ya tenía suficiente tiempo de estar aquí.*

*-Además, está bastante lejos porque todavía se ve gris. . . y fíjense el tamaño que va cogiendo. Tiene que ser un barco mercante.* -argumenta Roberto.

*-¡Ojalá!* -exclama Raúl.

Desde su aparición, los jóvenes no han perdido de vista el mencionado barco, y a medida que se acerca, va disminuyendo el temor de que se trate de una patrulla marítima.

El tiempo no se detiene. . . y junto a él, la aguerrida expedición continúa rumbo norte. Mientras, el desconocido buque mantiene su desplazamiento hacia el oeste, y al parecer interceptará a *Esperanza* en aproximadamente media hora.

El antiguo punto gris ya ha cobrado colores y formas. Para sorpresa de aquellos cinco jóvenes, se trata de un enorme crucero de turismo. El mismo navega paralelamente a la costa norte de La Habana, a unas dieciocho millas de esta para que sus pasajeros _desde lo más alto de la cubierta_ puedan observar en el lejano horizonte la silueta de aquella legendaria ciudad que alguna vez fuera la capital más próspera del Caribe.

<< *"¡Que cosa más linda!, ¡Es grandísimo!, ¡Nosotros nunca habíamos visto una cosa así!"* >> La presencia de aquel majestuoso barco genera todo tipo de exclamaciones en la joven tripulación que nunca antes había observado algo semejante.

Minutos después, la enorme nave se va acercando más y más; ya se encuentra a menos de un cuarto de milla, justamente al frente de la pequeña balsa. . .

-*¡Está parando!* -advierte Carlos.

La espumosa onda blanca que forma el mar bajo la proa del majestuoso navío al ser surcado por este, ha ido disminuyendo hasta desaparecer completamente.

-*¡Raúl. . .!* -Roberto llama a su amigo.
-*¿Qué. . .?* -responde este.
-*¡Saca la cámara y tómale una foto!* -le sugiere el joven. Meses atrás, estando en casa Raúl, Roberto conversaba con este acerca de la travesía. Fue entonces cuando surgió la idea de hacer _en el futuro_ una especie de testimonio para lo cual sería de mucho valor tomar fotografías en las diferentes etapas de dicha expedición.
-*¡¿Qué cámara de qué. . .?!* -dice Raúl con pesar- . . . *anoche, en la playa, la mochila se me llenó de agua cuando me estaba subiendo a la balsa y seguro que todo eso se echó a perder.*
-*¡Oye, yo creo que nos vieron. . .!* -comenta Jesús entusiasmado.

Los jóvenes balseros paran de remar, y la pequeña expedición se detiene guardando con desconfianza cierta distancia del desconocido buque. . .

-*¿De dónde será. . .?* -pregunta Gerardo.

*-¡No lo sé!* -responde Roberto- . . . *hace rato que estoy tratando de ver alguna bandera, pero todas las que he visto hasta ahora son de fiesta* (el joven se refiere a las banderas multicolores que son utilizadas para embellecer las áreas durante las festividades).

*-Bueno, al menos cubano no es* -afirma Jesús en tono de broma.

*-¡Caballeros, no importa de donde sea, el caso es que paró pa' recogernos!* -asegura Raúl.

*-Pero. . . y qué va a pasar si el barco es mexicano? Seguro que nos devuelven pa' Cuba; no va a ser la primera vez que eso pasa.* - Roberto se muestra bastante desconfiado.

*-Eso es verdad.* -Carlos y Gerardo coinciden.

*-Bueno, aquí todo se hace por decisión de la mayoría, pero mi opinión es que deberíamos subir al barco* -la proposición de Raúl no deja de ser tentadora.

*-No sé qué decirte Raúl* -nuevamente Roberto toma la palabra- . . . *ese barco va en dirección a México* (rumbo oeste), *a lo mejor después se desvía, pero eso no lo sabemos. Lo que sí sabemos es que nos hemos preparado muy bien durante casi dos años, y creo que no deberíamos arriesgarnos ahora a perderlo todo.*

*-Yo creo que lo mejor es seguir* -sugiere Carlos colocando su remo en posición de listo.

*-Yo también. . .* -lo apoya Gerardo adoptando la misma posición.

Una vez más, al igual que cuando estaban en tierra, *los cinco* se detienen a deliberar para llegar a un acuerdo mientras el impresionante crucero permanece frente a la pequeña *Esperanza* en espera de que sus tripulantes aborden la nave. Después de unos minutos de debate, los jóvenes balseros finalmente toman una decisión. . .

*-Yo tengo confianza en el grupo y sé que llegaremos* -asiente Raúl- *¡. . . así que pa'lante!*

*-¡Pa'lante entonces. . .!* -corean sus compañeros.

El resto de la tripulación ocupa sus puestos. . .

*-¡Vamos a dar la vuelta por detrás del barco!* -propone Roberto.

Jesús hace girar el timón, los remos comienzan a batir, y la pequeña embarcación echa a andar desviando su rumbo hacia la parte posterior del barco. Entre tanto, el gigantesco buque permanece inmóvil, su tripulación está confundida al no lograr entender que está sucediendo. Es la primera vez que un grupo de balseros decide continuar el viaje en su precaria embarcación antes que abordar un lujoso crucero.

Una media hora después, en el barco _convencidos de que la pequeña balsa se aleja intencionalmente de ellos_ se encienden las máquinas. La acción de las enormes hélices produce un gran espumarajo blanco detrás de la popa del barco y la hermosa nave reanuda su viaje hacia el oeste alejándose de aquellos intrépidos viajeros que continúan navegando hacia lo desconocido. Mientras reman, los jóvenes balseros no dejan de seguir con la mirada aquel desconocido barco el cual ha sido su primer contacto con el mundo exterior, un nuevo mundo que _hasta ese momento_ les había sido vedado por el gobierno cubano. El silencio entre ellos refleja la duda: <<*¿Habremos hecho bien? ¿Tendremos otra oportunidad?*>> A pesar de ello, los jóvenes reman con firmeza.

El sol se acerca a la cima del cielo, es casi mediodía. Los jóvenes balseros no han parado de remar, y el hermoso crucero ya se ha perdido tras el horizonte. . .

    *-¡Tengo hambre! Ya es hora de comer algo* -sugiere Gerardo.
    *-¡Sí!* -afirma Roberto- *. . . y de paso vamos a poner la botella de petróleo en el agua por si acaso. No vaya a ser que tengamos visita* (el joven se refiere a los tiburones).
    *-¿Dónde está la botella?* -pregunta Jesús.
    *-No lo sé* -responde Roberto- *. . . antes de salir yo la puse en una mochila, pero con el apuro no me fijé en cual.*

Jesús _palpando con sus manos el exterior de los bolsos_ localiza la mencionada botella, y al abrir la mochila para tomarla. . .

    *-¡¡Ay, mi hermano!!* -exclama Jesús- *. . . pusiste el petróleo junto con la comida.*
    *-¡¿Cómo. . .?!* -se sorprende Roberto.
    *-Todo se llenó de petróleo.* -confirma Jesús refiriéndose a las provisiones.

Roberto recuerda como _poco antes de partir_ él había puesto la botella de petróleo dentro de una mochila sin darse cuenta que allí estaban los alimentos.

-¡*Toma. . .!* -Jesús, extendiendo su brazo, le alcanza la mencionada botella a Raúl, y este se la da a Roberto.

El joven se desplaza con la botella hacia la proa y allí la ata a la estructura de la balsa, justamente por debajo de la línea de flotación. Simultáneamente, Jesús, Raúl y Gerardo, quienes están próximos a la popa (donde viajan todas las mochilas y el tanque de agua con azúcar), comienzan a sacar todas las provisiones que están en dicha mochila para ver que se puede salvar. De esta forma, van separando algunos huevos hervidos, barritas de turrón de maní y de dulce de guayabas, los van lavando con agua de mar y pasándolos a otra mochila. También van arrojando al mar todo aquello que se ha echado a perder.

-¡*C'ñooo. . . esto es petróleo puro!* -dice Raúl entre risas después de probar un trozo de turrón de maní.
-*Vamos a parecer cocinas "Pike" carburando petróleo* -asegura Carlos en tono jocoso haciendo mención a unas estufas de keroseno conocidas en Cuba por ese nombre.
-*No, si deberíamos coger al que hizo esto y tirarlo pa'l agua* - Gerardo bromea con Roberto.
-*La verdad es que con el corre corre yo ni cuenta me di* -reconoce el navegante del grupo.
-*A mi no me importa, con petróleo o sin él, me lo como igual* -Jesús manifiesta su insaciable apetito.

Los jóvenes no tardan en sacar algún provecho de aquel contratiempo. Todos sonríen y se relajan conservando un espíritu de optimismo y confianza en el triunfo.

-*Pero bueno, lo principal es el agua con azúcar. . . y al menos eso no tuvo problemas* -comenta Roberto.

Los tres miembros de la tripulación (Roberto, Gerardo y Raúl) que estudiaban en el Instituto Superior de Deportes de La Habana habían prestado especial atención a aquellas asignaturas que trataban sobre las reacciones del organismo humano expuesto a actividades físicas de larga duración (carreras de maratón, marchas prolongadas, etc.). Ellos sabían muy bien que al disminuir los niveles de glucosa (azúcar) en la sangre debido a trabajos prolongados e insuficiente alimentación se afecta directamente el sistema nervioso y el individuo cae en estado de fatiga. Es por eso que los expedicionarios han concentrado más del 80% de su alimentación en el agua con azúcar; el resto lo constituyen vitaminas, miel de abejas, zumo de limón, sales de rehidratación, pan y los ya mencionados dulces y huevos hervidos que habían sido dañados por el petróleo.

-*¡Caballeros, miren aquello!* -exclama Jesús con un brazo extendido señalando al frente.

La línea recta del horizonte ha desaparecido. En su lugar, se observa una superficie dentada e irregular, una especie de cordillera movediza formada por pequeñas montañas de agua.

-*Eso tiene que ser. . .* -una pausa antes de concluir connota cierta preocupación en Roberto- *la Corriente del Golfo.*
-*Nosotros sabíamos que era fuerte, pero no así* -confiesa Gerardo.

Los jóvenes habían estudiado y leído diferentes artículos referentes al Estrecho de la Florida y a su peligrosa corriente marítima, y aunque sabían que esta es reconocida como una de las corrientes más fuertes del mundo, esperaban que el cambio en la velocidad del agua fuera progresivo, apenas perceptible. La realidad, sin embargo, es otra. La poderosa corriente anuncia claramente su presencia con un cambio drástico en el oscuro mar que pasa de una superficie rizada (agitada por los vientos que han estado azotando la costa norte occidental de la isla) hacia un mar turbulento con redondas olas en forma de sábanas que alcanzan una altura promedio de seis pies.

-*A eso tenemos que entrarle con ganas.* -comenta Gerardo.
-*Y pa' que tú crees que hemos entrenado tanto.* -responde Carlos con actitud desafiante.
-*Yo no creo que alguien quiera virar pa 'tras* -Raúl, bromeando, demuestra su disposición de seguir adelante.
-*¡Pa' atrás. . . ni a matao!* -expresa Jesús.
-*Bueno, pero antes. . .* -Roberto dirige su mirada hacia el timonel- *¡Jesús!*
-*¿¡Dime!?* -responde este.
-*Releva a Raúl con el remo pa' que descanse* -continúa el joven.
-*¡Voy pa 'llá!* -acepta Jesús con disposición.

-*Eh, eh, aguanta un momento, yo todavía estoy entero* -reclama Raúl inmediatamente.

-*Yo lo sé* -asiente Roberto- *. . . pero es mejor descansar a tiempo.*

-*¡Sí, Raúl, sí! Vete a descansar un poco.* -le aconseja Gerardo.

-*Está bien* -comprende Raúl cediendo el puesto a su primo y yendo a ocupar la posición de timonel.

Entre los cinco jóvenes, Raúl es quien más ha sufrido el hambre y la desnutrición que padece la mayoría del pueblo cubano. El joven, de aproximadamente 5.10 pies de estatura, posee solamente 113 libras de peso. Es por eso que sus amigos entienden que debe ser él el primero en tomar un descanso.

Jesús se acomoda en su nuevo puesto, toma el remo en sus manos y avisa a sus compañeros.

-*¡Cuando quieran. . .!*

Los cuatro remos comienzan a batir nuevamente, y la expedición reanuda la marcha. Pero algo anda mal; Jesús no logra sincronizar sus movimientos, y *Esperanza* se detiene otra vez.

-*¡Oye!* -Gerardo, que está sentado junto a él, le llama la atención- *Guíate por mí. Cuando yo vaya pa'lante, vas pa'lante conmigo. . . y cuando hale, alas tú también.*

-*¡Tranquilo muchacho! Eso es que todavía estoy frío.* -bromea Jesús.

-*¡Raúl!* -interviene Roberto- *Haz un conteo pa' que a Jesús le sea más fácil coger el ritmo.*

-*Buena idea* -asiente Raúl- *. . . listos?*

-*¡¡Dale!!* -responden a coro.

Una vez más, la pequeña embarcación comienza a desplazarse. El conteo ayuda a Jesús a remar al compás de sus amigos; sin embargo. . .

-*¡Jesús!* -Roberto se dirige al inexperto remero.

-*¿Qué. . .?* -pregunta este sin detener su trabajo.

-*No puedes tirar el remo pa' tras porque nos estás empapando.* -le reclama el joven.

-*¿Y entonces cómo lo hago?* -pregunta Jesús.

*-Cuando eches el remo pa'trás, tienes que girar las muñecas pa'
que la paleta del remo se ponga horizontal y no se trabe con las
olas. Después, dejas caer el remo al agua suavemente porque si lo
tiras, nos mojas a nosotros* -le explica Roberto.
*-Parece mentira que un tipo que vive en Santa Fe, a dos cuadras de
la costa, no sepa remar* -comenta Gerardo con tono burlón.
*-Compadre, yo nunca en mi vida he remado* -se queja Jesús
apenado.
*-Pues, prepárate que lo que nos espera es mucho* -asegura Carlos
jocosamente.

Unos minutos más tarde. . .
*-¡Que va. . .!* -exclama Roberto deteniendo su remo- *Este hombre
me va a ahogar si me sigue tirando el agua pa' encima.*

Los otros remos también se detienen y junto a ellos, se detiene
*Esperanza...*

*-Discúlpenme, pero acuérdense que yo los conocí a ustedes hace un
mes atrás, y no tuve tiempo pa' entrenar con ustedes* -Jesús,
avergonzado, le recuerda a sus compañeros.
*-¡Oye, oye, yo ya descansé bastante!* -interrumpe Raúl- *Si quieren
entro otra vez.*
*-Creo que va a ser lo mejor* -opina Carlos.
*-Está bien. . . Jesús, cambia con Raúl* -concluye Roberto.

A pesar de que el descanso no ha durado más de un cuarto de hora,
Raúl se muestra ansioso por retornar a su antiguo puesto. Los dos
jóvenes intercambian nuevamente sus posiciones; Jesús vuelve al timón
y Raúl regresa al remo.

*-¡Ahora sí. . .!* -exclama Gerardo.

Los cuatro remos baten rítmicamente, y la expedición avanza hacia su
destino.
Han llegado al punto donde se unen las aguas costeras con las de la
Corriente. Esperanza comienza a ser sacudida. Unas veces es elevada
por un promontorio de agua (de hasta seis pies de altura), otras veces se
desliza hacia una especie de embudo que _al igual que los
promontorios_ aparecen y desaparecen momentáneamente. La

superficie del mar se asemeja al agua de un caldero que _al calentarse_ comienza a hervir, sólo que las burbujas son ahora gigantescas.

La aguerrida tripulación no cesa de remar aunque se les hace imposible mantener el ritmo. Los bruscos cambios en la superficie del mar son repentinos.

Ahora los remos _además de impulsar a *Esperanza*_ son usados para darle estabilidad a la misma. Pero esto no es suficiente, la tripulación tiene que mantenerse al acecho, preparados para abalanzar rápidamente sus cuerpos hacia la parte de la superficie que se eleva, y evitar así que la balsa sea volcada. De ocurrir eso, estarían perdidos porque perderían la capacidad de desplazamiento y el dominio de la embarcación. A pesar de todo, los cinco jóvenes se muestran seguros de sí mismos y no pierden el buen humor. . .

*-Esto me recuerda a la Montaña Rusa de Marianao* (un popular barrio ubicado en la zona noroeste de la capital). -bromea Roberto.
*-¿Esta es la famosa Corriente del Golfo?* -continua su hermano con su espíritu de pescador aficionado- *La verdad es que la fiera no es tan fea como la pintan.*

Ya es mediodía, el tiempo ha vuelto a empeorar. Tras un manto de empedradas nubes, el sol parece ocultarse para no ser testigo de aquella peligrosa aventura. Sin embargo, alguna que otra vez envía sus cálidos rayos a través de aislados orificios en señal de simpatía hacia aquellos intrépidos jóvenes.

La expedición ha logrado sobrepasar la turbulenta zona que delimita el comienzo de la Corriente del Golfo, y ya se adentra en el temible Estrecho de la Muerte (nombre con que ha sido bautizado el Estrecho de la Florida debido a los miles de balseros cubanos que han perdido la vida tratando de cruzarlo).

Los repentinos promontorios y embudos de agua han quedado atrás presentándose ahora, un movedizo mar que se desplaza hacia el este, a una velocidad de aproximadamente tres millas por hora, justamente en dirección opuesta hacia donde sopla el viento. Esto provoca que la acción del viento sobre la superficie del mar sea más fuerte, originando enormes olas que en ocasiones superan los diez pies de altura.

El inquieto mar se torna en un ejército de olas cuyos extremos van más allá del horizonte. Sin embargo, no todo es contratiempos. La situación se hace menos peligrosa debido a que el mar adquiere una actitud más estable y predicable. Aunque las enormes olas superan en altura a los anteriores promontorios, estas no se forman repentinamente sino que siempre _al igual que el viento_ atacan por estribor (lado derecho). Además, su desplazamiento en sentido contrario a la corriente marina hace que estas olas se muevan con extrema lentitud disminuyendo así su fuerza de impacto contra la balsa y aumentando el tiempo de reacción para la joven tripulación.

-*¿Te has fijado bien en esas olas?* -le pregunta Gerardo a Roberto.
-*Sí* -responde este mientras las observa.
-*Tal parece que vienen en cámara lenta* -argumenta Gerardo.
-*¡Ah-hm!* -asiente Roberto con un ligero movimiento de cabeza.
-*Menos mal* -añade Raúl- . . . *porque la verdad es que esas olas están feas.*
-*¡Bueno. . . y por qué no vamos poniendo las velas?* -pregunta Carlos.

Es casi la una de la tarde. La tripulación permanece en silencio y pensativa, pero sin dejar de remar. Ellos _estando en tierra_ habían acordado poner las velas a la caída de la tarde. De esta forma, tendrían tiempo de haberse alejado suficientemente de La Habana ya que las velas podrían ser avistadas a gran distancia por el guardacostas cubano. Aun así, la prematura proposición de Carlos no deja de ser tentadora.

-*De todos modos, nos hace falta recuperar el tiempo que perdimos anoche.* -continua Carlos.
-*Si ustedes supieran. . . yo estoy loco por acabar de poner las velas.* -Gerardo comienza a hacer uso de sus dotes de instigador.
-*Yo también, pero no quiero que corramos el riesgo de que nos descubran.* -interviene Roberto; él fue quien diseñó las velas, y nadie podría manejarlas mejor que él. Por eso, todos esperan su aprobación.
-*A decir verdad, yo no creo que con lo malo que está el tiempo ellos salgan a coger a nadie.* -añade Gerardo refiriéndose a las autoridades cubanas.
-*Yo tampoco lo creo, pero. . .* -Roberto guarda silencio por unos segundos- *¡¿ qué puede ser que no sea?!* -concluye el joven aceptando el desafío.

Aquellas palabras hacen reaccionar a la tripulación que ya estaba ansiosa por escucharlas. Inmediatamente, los remos son recogidos. Los dos hermanos _agachados_ comienzan a desatar el mástil y las velas ayudados por Gerardo y Raúl quienes los sostienen para que estos no sean lanzados al mar por las constantes sacudidas que recibe la balsa. Entre tanto, Jesús _en el timón_ se encarga de dar la voz cuando se aproximan aquellas olas que _por su tamaño_ podrían fácilmente dar vuelta a la embarcación. La tregua de que disponen entre la embestida de una ola y la siguiente es de sólo segundos. No obstante, la tripulación sabe aprovechar esos preciosos intervalos de tiempo, y en pocos minutos, el palo mayor es elevado verticalmente sobre el centro de la balsa.

Al igual que en ocasiones anteriores, los jóvenes maniobran con increíble rapidez, habilidad y coordinación. Se trata de una carrera (contra el tiempo) cuya meta es la supervivencia. Para lograrlo, la inexperta tripulación tendrá que vencer a la naturaleza como obstáculo, y como principal rival: a la muerte.

Carlos y Roberto (estando ahora de rodillas para lograr un mayor equilibrio) tratan de colocar el mástil en la base donde deberá descansar. Ellos a su vez continúan siendo sujetados por Gerardo y Raúl mientras que Jesús permanece alerta.

La parte inferior del tronco es introducida en el orificio y deslizada _a través de este_ hasta encajar en la caja de bolas donde permanecerá mientras dure la travesía. Los tres tensores destinados a reforzar el mástil son atados en la misma posición en que fueron dispuestos la pasada madrugada (dos en la parte posterior, a ambos lados de la balsa y el tercero en la esquina anterior derecha de la misma). Seguidamente, los dos hermanos despliegan el foque o vela menor, y lo aseguran provisionalmente hasta que sea colocada la vela mayor. Raúl y Gerardo ya tienen casi lista la botavara (imprescindible para desplegar la vela principal) cuando los dos hermanos se incorporan para ayudarlos. Carlos hace el último amarre para fijar la botavara al mástil. Una vez concluido este, el joven toma la cuerda tensora que va atada al ángulo exterior de la vela y comienza a tirar de ella.

La cuerda se desliza a través de la pequeña rondana situada en el extremo externo de la botavara, y la vela se va desplegando. Simultáneamente, Roberto va desenredando las anillas que sostienen a la vela (por su borde inferior) para que estas se deslicen a lo largo de la botavara.

Estas anillas son una especie de aros (de aproximadamente seis pulgadas de diámetro)  hechos con una cuerda de mediano grosor. Dichas anillas o aros están dispuestos en intervalos de unas doce pulgadas a lo largo del borde inferior de la vela mayor.  La función de estos aros es permitir que la vela mayor se pueda deslizar con cierta facilidad por la botavara (que pasa a través de los aros) durante cualquier maniobra de despliegue o repliegue de esta vela.  Todo el mecanismo compuesto por el borde inferior de la vela con las anillas y la botavara se asemeja en apariencia y funcionamiento a una cortina de baño, solo que en forma invertida.

*-¡Ya. . .!* -avisa Carlos una vez la vela ha llegado a su límite al mismo tiempo que ata la cuerda tensora al extremo opuesto de la botavara, justo donde esta se une al mástil.

La vela, desplegada en toda su amplitud, gira libremente bajo la acción del viento quedando en un ángulo de 90° con respecto al eje longitudinal de la balsa.  Allí, esta comienza a ondear batida por el viento.

*-Ahora, coge esa otra soga y pásate pa'l lado de Jesús* -le dice Roberto a su hermano mientras le desata su cuerda de seguridad para que este pueda desplazarse- . . . *cuando estés allá atrás, empieza a alar la vela hacia ti hasta que sientas que se ponga tensa y deje de ondear.*

Carlos se sienta en la popa, junto al timón y comienza a cobrar la cuerda que está amarrada a la punta externa de la botavara.  La      vela mayor da un pequeño giro quedando posicionada a unos 60° al mismo tiempo que va siendo hinchada por el viento . . .   La pequeña embarcación reanuda su desplazamiento, solo que ahora lo hace más veloz que cuando estaban usando los remos.

*-¡Ahí, ahí. . .!* -avisa Roberto
*-¿Está bien así?* -pregunta Carlos.
*-Así mismo* -responde su hermano- . . . *pero hay mucho peso allá atrás; alguien tiene que venir pa' aquí alante conmigo* -advierte el

joven mientras termina de ajustar la vela menor de manera que esta quede ubicada paralelamente a la vela mayor.

-*Yo voy pa' allá* -se ofrece Gerardo.

-*¡Ahí viene otra. . .!* -alerta Jesús a sus amigos sobre la aproximación de otra ola.

Gerardo se apresura a cambiarse hacia su nuevo puesto antes de que llegue la ola.

Apenas ha terminado de sentarse cuando comienzan a ser elevados por la ola, y todos inclinan sus cuerpos hacia estribor (parte derecha) para mantener el equilibrio de la balsa. Después, durante el descenso, tienen que abalanzarse hacia el lado contrario.

Rápidamente, Gerardo ata el extremo de su cuerda de seguridad que él mismo había liberado antes de trasladarse.

-*¡Oye, amárrate. . .!* -le recuerda Roberto a su hermano.

-*Eso estoy haciendo* -responde Carlos- *. . . pero primero tuve que amarrar la guía de la vela pa' que no se fuera a correr de lugar.*

Seguidamente, Jesús le entrega la brújula a Carlos y va a sentarse junto a su primo, Raúl, ocupando la plaza que Gerardo había dejado libre. De esta forma, los cinco jóvenes distribuyen el peso y mantienen el equilibrio de la embarcación.

-*¿Ustedes saben una cosa?* -pregunta Jesús con picardía- *. . . me parece que es hora de comer algo.*

-*¡Sííí!* -corean sus amigos.

-*Voy a sacar las vitaminas pa' tomarnos una cada uno* -sugiere Raúl mientras abre la mochila que casi lo ahoga la noche anterior.

-*Hace falta que no se hayan echado a perder porque anoche cogieron tremenda agua.* -Gerardo se refiere al tiempo que estuvo sumergida la mochila antes que Raúl lograra subir a la balsa.

-*¡Ay, ustedes no van a creer esto!* -exclama Raúl.

-*¿Qué pasó?* -se asustan sus amigos.

-*La cámara. . .* -continua Raúl- *. . . creo que no se mojó.*

Raúl extrae el sobre de nylon en el cual se encuentra la cámara fotográfica con su estuche. Seguidamente, toma el estuche y saca el mencionado aparato que _para asombro de todos_ se encuentra en perfecto estado.

*-Pero. . . la cámara estaba bien envuelta, no?* -dice Roberto con tono inseguro.

*-No lo creas* -responde Raúl- *Este nylon está lleno de huecos y el estuche no es impermeable; además, la mochila entera estuvo debajo del agua. Es un milagro que la cámara este seca.*

*-Bueno pues, a tomar fotos!* -sugiere Roberto- *. . . dásela a mi hermano pa' que nos tire una a nosotros cuatro.*

Raúl le entrega la cámara a Carlos, y este, desde la proa. . .

*-Júntense un poquito más. . . ¡Ya!*
Después de tomar varias fotografías y bromear un poco, los jóvenes toman sus raciones de alimentos compuestas por vitaminas "C" y "complejo B", algunos dulces que todavía quedan y la empalagosa mezcla de agua, azúcar, miel de abejas y limón.

*-Tenemos que acabar de comernos estos dulces porque el agua salada los está echando a perder* -sugiere Gerardo.

*-Claro que sí* -inmediatamente es apoyado por Jesús- *Es mejor comérselos antes que perderlos.*

Mientras Gerardo y Jesús dan cuenta de los últimos dulces, Raúl se dirige a Carlos. . .

*-Pásame la cámara pa 'ver si puedo coger esa ola que viene.*
Carlos le entrega la cámara a Raúl, y este comienza a desempeñar sus funciones como fotógrafo de la expedición.

*-¿Qué te parece una foto a nosotros dos con caras de cumpleaños?* -le sugiere Roberto a Raúl mientras él y Gerardo posan junto al mástil con expresiones de buen humor.

*-¡Perfecto!* -exclama Raúl accionando el obturador de la cámara.

En realidad, todos se muestran muy animados porque las velas están funcionando perfectamente, y *Esperanza* se desplaza a gran velocidad. Todo lo que hasta hace poco fue un agotador y casi ininterrumpido remar, se ha convertido ahora en una excitante aventura. En la cual, la joven tripulación, sin la más mínima experiencia en navegación, tiene que _por medio de las velas_ dominar la embarcación y hacer del fuerte viento un aliado natural cuya función, en lo adelante, será mantener en movimiento la expedición en aras de alcanzar su objetivo.

Después de haber ingerido algo y hacer algunos chistes, los jóvenes balseros se disponen a tomar un descanso. Para ello, se acomodan como mejor pueden, pero sin romper el equilibrio que mantienen sobre la balsa. Carlos _brújula en mano_ permanece en el timón controlando constantemente el rumbo de la embarcación. . .

-*¿Vamos bien?* -Roberto pregunta a su hermano cada cierto tiempo para comprobar que este no se distraiga.

-*¡Bien. . .!* -responde este una y otra vez.

La expedición ha comenzado una nueva etapa de su travesía caracterizada por una disminución considerable de la actividad física (ya que no tienen que utilizar los remos). Ahora los esfuerzos se concentran en mantener el equilibrio de la balsa y la vigilancia en los alrededores para poder detectar a tiempo la presencia de algún tiburón y prepararse para repeler un posible ataque. Afortunadamente, esta última posibilidad es bastante lejana debido a que el mar se encuentra muy agitado y, al parecer, en estos casos los tiburones prefieren mantenerse lejos de la superficie para no ser sacudidos por el oleaje. Aun así, la travesía no deja de ser difícil. Ahora los jóvenes _debido a la falta de movimiento_ comienzan a experimentar diferentes sensaciones como ansiedad, preocupación y náuseas. . .

-*¿Cómo estará la gente allá?* -pregunta Roberto pensando en aquellos que quedaron en la playa.

-*Preocupadísimos* -responde Gerardo.

-*Me lo imagino* -continua Roberto-*. . . . si ayer, al mediodía, Radio Martí había anunciado que las olas en el golfo alcanzarían hasta los dos metros. . . y pa' que veas, nosotros aquí, como si esto fuera un paseo.*

-*Yo creo que se equivocaron porque en realidad las olas están un poquito más grande* -dice Gerardo en tono burlón-*. . . pero bueno, este es el viaje turístico que nunca pudimos dar.*

En ese preciso momento. . .

*-Tú sabes que. . .* -dice Roberto en tono algo grave- *. . . de pronto me he sentido marea...*

Y aún sin terminar la frase, el joven se inclina sobre la pequeña borda para vomitar

*-¿Estás mareado?* -le pregunta Gerardo al mismo tiempo que lo sujeta por un brazo.

*-Creo que ya pasó, pero. . .* -el joven reacciona regañándose a sí mismo mientras se enjuaga la cara con agua salada y se da una bofetada- *. . . yo no puedo dejar que esto me pase.*

*-¿Seguro que estás bien?* -insiste Gerardo.

*-Ya estoy entero* -asegura Roberto.

Los jóvenes continúan el peligroso viaje hacia lo desconocido buscando _siempre al norte_ un nuevo horizonte más allá de aquel que sus ojos alcanzan ver.  Para combatir la ansiedad y elevar su espíritu optimista, la joven tripulación entona canciones de autores que _a pesar de ser prohibidos por el régimen de Castro_ no dejan de ser aclamados por la juventud cubana.  Así corean temas como *"Ya Viene Llegando"* de Willy Chirino y *"Otro Día más sin Verte"* de John Secada entre otros.  También, alguna que otra vez, hacen un cuento, un chiste o una broma.  Todos tratan de mostrarse alegres y animados excepto Raúl, que permanece en silencio con la mirada fija al frente; la palidez en su rostro refleja los síntomas de las nauseas.

*-¿En qué piensas. . .?* -le pregunta Roberto en un intento por distraerlo- *¿Ya estás extrañando a Diany?*

*-No, hace rato que estoy mareado* -responde Raúl.

Sus amigos saben que él es el más propenso al mareo.  Lo habían comprobado por medio de algunos ejercicios especiales realizados (en tierra) durante las secciones de entrenamiento.

*-Trata de mirar a un punto fijo* -le sugiere Gerardo.

*-Eso estoy haciendo* -contesta Raúl.

A pesar de todo, el joven se muestra sereno y callado, no se queja pero tampoco sonríe.  Sus amigos continúan bromeando para ocultar sus preocupaciones, y de esa forma, tratar de animar a Raúl.  Ellos saben que si la crisis empeora, el joven podría comenzar a vomitar y caer fácilmente en estado de deshidratación y fatiga debido a su bajo peso corporal.  Sus escazas 113 libras de peso contrastando con sus

5'10" pies de estatura y la carencia _casi total_ de tejido adiposo (lo que constituye la principal reserva energética del organismo) representan un verdadero peligro para la supervivencia de Raúl.

Gerardo _como médico del grupo_ comienza a desempeñar sus funciones. . .

*-Siéntate en el centro de la balsa y recuéstate al mástil* -le aconseja el joven a Raúl, y seguidamente, se dirige a Jesús- *Pásame el pomo de agua con sales de rehidratación y una pastilla de gravinol* (para aliviar el mareo).

Jesús extrae de la mochila de los medicamentos un pomo plástico de dos litros con una mezcla de agua, dextrosa, sales de rehidratación y zumo de limón e inmediatamente se lo entrega a Gerardo.

La condición de Raúl ha ido empeorando hasta llegar al punto de comenzar a arrojar. . .

*-Enjuágate la cara con agua de mar y tómate esto.* -le orienta Gerardo entregándole una pastilla de gravinol y el pomo con aquel preparado.

Raúl sigue las instrucciones del médico de la expedición, pero unos minutos después regresan los vómitos. . .

*-Vuelve a tomarte un poco de esto* -le sugiere su amigo alcanzándole otra vez el pomo.
*-¿Habrá botado la pastilla?* -le pregunta Roberto a Gerardo.
*-Estoy casi seguro que sí, pero tengo miedo darle otra y que lo vaya a tumbar* -responde Gerardo- *. . . por ahora vamos a darle líquido pa' que no se vaya a deshidratar. Y si sigue así, entonces, le doy otra pastilla.*

Unas horas después, la situación ha mejorado. Afortunadamente, Raúl ha logrado superar la crisis y ya se muestra más recuperado.

Carlos, quien aún permanece en el timón, advierte la presencia de un agujero del tamaño de un puño en la vela mayor. . .

*-¡Oye!* -avisa el joven a sus compañeros- *. . . se le abrió un hueco a la vela y tenemos que cerrarlo antes que se siga abriendo.*

El propio Carlos _como mecánico de abordo_ tiene la responsabilidad de observar que los amarres, uniones y toda la estructura de la balsa en general se mantenga en buenas condiciones. De hecho, él es el encargado de reparar cualquier desajuste que surja. Para ello, cuenta con una gran experiencia en amarres adquirida a través de su profesión de camionero y enorme afición a la pesca. . .

*-¿Cómo se le habrá abierto ese hueco?* -se sorprende Gerardo.
*-No sé* -responde Roberto.
*-Vamos a ver que podemos usar pa' coserlo* -dice Carlos.
*-Coge la aguja y el hilo de suturar que está en el paquete de primeros auxilios* -le sugiere su hermano.
*-Espérate, creo que tengo algo mejor* -dice Carlos mientras registra en uno de los compartimientos de su mochila- *¡Aquí está. . .!* - exclama el joven extrayendo un pequeño rollo de alambre de cobre.
*-Bueno, encárgate tú del hueco que yo voy a coger el timón* -le propone Roberto.
*-Yo te ayudo con el hueco* -se presta Gerardo.

Carlos _después de ser relevado por su hermano_ se traslada hacia el centro de la balsa donde ya le está esperando Gerardo. Allí, sujetados al mástil, Carlos (con un pequeño clavo) va perforando la lona por los alrededores del mencionado agujero. Después, Gerardo, quien se encuentra del lado opuesto de la vela, pasa el alambre a través de uno de aquellos diminutos hoyitos. Carlos, desde este lado, toma el alambre, lo tensa y lo devuelve hacia Gerardo a través de otra perforación. Puntada tras puntada van disminuyendo el diámetro de la abertura hasta que el trabajo es terminado.
Después de terminada la reparación, Gerardo regresa al asiento de los remeros delanteros, el más próximo a la proa (junto a Raúl) y Carlos se sienta al lado de Jesús.

La tarde ya no es joven. A escondidas, el sol ha ido descendiendo, asomando _alguna que otra vez_ su brillante anillo dorado a través de las coposas nubes. . .

*-Son como las seis de la tarde* -comenta Gerardo- *¿. . .cuánto habremos caminado?*
*-Treinta y pico de millas, quizás* -responde Roberto, el navegante del grupo.
*-¡Na' más. . .!* -se sorprende Gerardo.
*-Acuérdate que perdimos casi toda la noche tratando de salir de la costa* -le recuerda su amigo.

Roberto había calculado haber sobrepasado las cuarenta millas para esa hora, pero el mal tiempo durante la noche de la partida le ha dado a la expedición un atraso de varias horas respecto a sus planes.

El viento _que durante la mañana se había mantenido algo sereno_ después del mediodía ha venido soplando con más fuerza. La tripulación ya está acostumbrada al sube y baja de las olas. En uno de esos ascensos, justamente cuando la embarcación ha alcanzado la cima de la ola. . .

*-¡¡Miren!!* -exclama Gerardo señalando hacia estribor- *¿. . .vieron eso?*
*-¿Qué?* -preguntan sus amigos mientras observan hacia el este, adonde señala su compañero.
*-Me pareció ver a un tipo en el agua* -responde el joven sin salir de su asombro.
*-¡Entonces, vamos pa' allá!* -sugiere inmediatamente Roberto.

Los jóvenes, antes de partir, habían pensado muy seriamente en la posibilidad de ayudar o rescatar a algún otro balsero que pudieran encontrar en alta mar. Para ello, la tripulación cuentan con suficientes reservas de alimentos, una mochila-botiquín de primeros auxilios y algunos conocimientos sobre salvamento y reanimación, especialmente los tres estudiantes de Licenciatura en Deportes (Raúl, Gerardo y Roberto).

*-¡No, espérate!* -lo detiene Gerardo- *. . . lo que yo vi, estaba flotando en el agua. Si era un tipo, tiene que estar muerto, y quien sabe si está en estado de descomposición y tenga tiburones cerca atraídos por el olor.*

*-No, no, entonces no.* -se retracta Roberto- *. . . yo pensé que habías visto a alguien en una balsa.*

La tripulación permanece atenta, esperando a ver el supuesto cuerpo en la superficie, pero el inquieto mar lo impide. Las olas parecen barricadas que _a intervalos_ sólo permiten observar pequeñas franjas de la superficie entre la ola que pasa y la otra que le sigue.

*-¡Allá está!* -confirma Raúl una de las veces que *Esperanza* es ascendida por una ola, pero esos instantes son fugaces- *. . . me pareció ver un tipo con una camisa azul, pero no estoy seguro porque se me perdió enseguida.*
*-Eso mismo me pareció a mí hace un rato.* -coincide Gerardo.
*-Yo todavía no he visto nada* -dice Roberto.
*-Yo tampoco* -corean Carlos y Jesús.

Con cada segundo que pasa disminuyen las posibilidades de ver nuevamente el supuesto cuerpo. El viento _además de facilitar el desplazamiento de la embarcación_ impide que esta sea arrastrada por la corriente marítima hacia el este, pero aquellos objetos (restos de algas, etc.) que flotan en la superficie son arrastrados a una velocidad similar a la de una persona caminando. Por esa razón, cuando Raúl vio el supuesto cuerpo, este se encontraba más alejado que cuando fue visto por Gerardo.

Después de unos minutos de infructuosa observación, la tripulación abandona la búsqueda. . .

*-De todos modos, no hay nada que podamos hacer* -comenta Roberto con cierto pesar.

Durante un buen rato, los cinco jóvenes permanecen en silencio. En sus pensamientos divagan las mismas interrogantes:
*<<¿Quién sería?, ¿Qué será de su familia?, ¿Cuántos más quedarán en el camino?>>*

La puesta del sol se presenta cargada de hermosura. La abundante nubosidad filtra los rayos solares dejando escapar dorados haces luminosos. Estos surcan el firmamento con su brillante luz para reflejarse en los grisáceos y espumosos cúmulos que _desde las alturas_ presencian el atardecer. El paisaje se convierte en una mezcla de armonía y belleza, despertando en la joven tripulación un sentimiento de melancolía. Es un momento de paz que invita a la reflexión y al recuerdo de todo aquello que ha quedado atrás (el hogar, la familia, la novia, los sueños y todo un pasado de memorias). Mas los cinco intrépidos balseros no se desaniman, ellos saben que ese es el precio que han de pagar; un precio bastante alto por el sencillo deseo de vivir en libertad (sin odio ni humillación) y por la urgente necesidad de ayudar a los suyos a mitigar el hambre. Es precisamente esta necesidad que los hace fuertes para seguir adelante con la mirada hacia el futuro y la esperanza en el triunfo. . .

Raúl observa hacia el horizonte. Al fondo, en la popa, Carlos controla el timón. Jesús se asoma por detrás del mástil. Foto tomada por Roberto desde la proa.

Vista de la popa (desde el mástil). Jesús, Raúl y Roberto (este último controla el timón y la vela mayor). Nótese los neumáticos forrados con tiras de sacos para protegerlos del sol, astillas de madera, etc. Foto tomada por Carlos

La Corriente del Golfo y sus agitadas aguas. Foto tomada por Raúl.

# 5
# La marejada

El sol se ha ocultado tras el horizonte, pero aún quedan sus destellos, los cuales parecen disiparse en la profundidad del cielo. El mar ha tomado un color gris combinándose con el oscuro manto acerado que ha venido invadiendo _desde el este_ toda la cúpula celestial. Ya se puede observar el planeta Venus anunciando con su brillo la llegada de la noche. El viento ha seguido arreciando y, junto a él, la marejada se ha agitado aún más. . .

-*¡Oye, Esperanza va que jode!* -dice Roberto refiriéndose a la velocidad que ha alcanzado la balsa- *. . . si seguimos así, vamos a llegar pronto.*

Los jóvenes se preparan para recibir la noche, revisan y aseguran las cuerdas de seguridad, pues ya tienen la experiencia de cuan oscuras pueden ser las noches en el mar.

La noche se adentra en sus oscuras entrañas, y la expedición sigue adelante. Ya no pueden ver más allá de sus narices. Navegan casi a ciegas, guiándose por un pequeño punto fosforescente situado en el extremo norte de la aguja magnética de la brújula y se valen de la estrella Polar _alguna que otra vez_ para confirmar el rumbo. Esto último, sin embargo, lo hacen sólo en aquellos momentos en que la nubosidad lo permite.

Lo que antes fue un atardecer vestido de cálidos y tenues colores, se ha convertido ahora en una densa y profunda oscuridad. En algunas ocasiones, el espeso negror de la noche es interrumpido por el destello de alguna estrella que logra escapar a través de las nubes o por la filosa curva plateada que dibuja la Luna en la segunda noche de su Cuarto Creciente.

Son aproximadamente las diez de la noche. La expedición está a punto de completar sus primeras 24 horas de travesía. Repentinamente, el cielo comienza a tornarse rojo cenizo, el viento aumenta peligrosamente su intensidad, y el rugiente oleaje también parece desenfrenarse embistiendo _con mucha más frecuencia_ a la embarcación, la cual ha alcanzado una velocidad impresionante. . .

*-Si esto sigue así, vamos a tener que bajar las velas.* -casi a gritos, les advierte Roberto a sus compañeros- . . . *me da miedo que el mástil no vaya a aguantar y se parta.*

El navegante del grupo ha estado palpando los tensores de la vela y el palo mayor, y ha notado que la tensión de los mismos ha aumentado considerablemente. . .

*<<Parecen cuerdas de guitarra. >>* -se dice a sí mismo.

*-Qué lástima que tengamos que perder este impulso* -se lamenta Carlos.
*-El problema es que si se parte el mástil, entonces sí que nos vamos a joder* -añade Roberto- . . . *por ahora, podemos dejar el foque.*

Finalmente, todos acuerdan recoger la vela mayor y continuar la marcha con la otra más pequeña. Rápidamente, Roberto desata la cuerda que sirve de guía a la gran vela mientras que Carlos y Gerardo comienzan a replegarla, enrollándola en el mástil. Tan pronto como la vela ha sido recogida, la balsa detiene su marcha y comienza a girar su proa hacia adonde sopla el viento (Sotavento), es decir, hacia el oeste. . .

*-¿No hace falta recoger la botavara?* -Carlos pregunta a su hermano.
*-No, na' más asegúrenla pa' que no vaya a golpear a alguien.* -responde este.

La botavara es fijada y asegurada para que no se balancee con las fuertes sacudidas que está recibiendo la pequeña embarcación producto de la marejada.

-*Voy a tratar de enderezarla con el remo.* -avisa Carlos refiriéndose a la balsa mientras toma uno de los remos en sus manos y se sienta en el puesto del remero delantero de babor (izquierda).

Carlos comienza a remar, pero la fuerza del tempestuoso viento pegando en la vela menor _que todavía permanece abierta_ no le permite reubicar la proa hacia el norte.

-*¡Raúl!* -le grita Roberto al tripulante que en ese momento se encuentra más próximo a la proa- . . . *suelta el foque pa' poder enderezar a Esperanza.*

Inmediatamente, el joven desata uno de los tensores liberando a la vela menor. . .
-*¡¡Ya!!* -avisa este.

El foque ondea al igual que una bandera batida por el fuerte viento. La resistencia de este sobre la balsa disminuye y esta _con gran esfuerzo de Carlos_ comienza a retomar su rumbo. . .

-*¡Pongan el foque ahora!* -orienta Roberto a los dos tripulantes de proa.
Raúl y Gerardo ubican nuevamente la vela menor y la fijan con sus correspondientes tensores. Contrariamente a lo que la tripulación espera, *Esperanza* gira otra vez hacia el oeste...

<< *Algo salió mal* >>-reflexiona Roberto- *¡Vamos a intentarlo otra vez! ¡Raúl, coge otro remo y rema al revés, pero pásate pa' acá atrás porque hay mucho peso allá adelante!*

La tripulación no se da por vencida y repite la maniobra. Esta vez, Gerardo se queda a cargo del foque, y Raúl va a ocupar la posición de remero posterior de estribor (derecha) para _al remar en sentido contrario_ ayudar a Carlos a hacer girar la embarcación.
Una vez más, los inexpertos marinos logran poner la proa hacia el norte, pero al desplegar la vela menor, la balsa nuevamente se desvía hacia el oeste. . .

<< *¿Por qué. . .?* -se pregunta Roberto- *¿ . . . qué estamos haciendo mal?* >> Pero la situación es bastante seria y no hay tiempo para pensar; hay que tomar una decisión. . .

-*¡Gerardo, recoge el foque y amarrarlo!* -decide Roberto y seguidamente se dirige al resto de la tripulación- *¡Prepárense pa' empezar a remar!*

Roberto se dispone a cambiar posición con Jesús quien está en el puesto del remero posterior de izquierda (junto a Raúl), y Carlos se corre un poco más al centro de la balsa para accionar los dos remos delanteros mientras Gerardo se encarga de enrollar la vela menor. . .

-*¡¡Falta un remo!!* -advierte Carlos.

-*¡¿Qué. . .?!* -la inesperada noticia impacta a todos los miembros de la tripulación, especialmente a Roberto quien _regresando al timón_ tiene ahora que improvisar una nueva estrategia.

-*Perdimos el remo derecho de alante.* -confirma Carlos.

Roberto recuerda que ese remo fue el mismo que la noche anterior, durante la partida, se había enredado con su propia cuerda de seguridad, y que Carlos había tenido que quebrar dicha cuerda para liberarlo.

<< *¿Cómo es posible que hayamos perdido ese remo?* >> -murmura Roberto con sentido pesar, e inmediatamente reacciona regresando a sus funciones como navegante de la expedición- *¡Carlos, mantente con el remo izquierdo de alante y tú, Raúl, con el derecho de atrás!* . . . *y tú, Jesús, agarra este remo que sobra, métalo verticalmente en el agua y aguántalo fijo a la balsa pa' que nos dé estabilidad. De ti depende que no nos viremos.*

La tripulación acata disciplinadamente las órdenes de Roberto. Ellos _antes de partir_ habían organizado planes de contingencia para enfrentar situaciones extremas porque sabían que mientras más unidos estuvieran, mayores probabilidades tendrían de sobrevivir la odisea.

-*¡¡Por la derecha. . .!!* -grita Gerardo desde la proa alertando a sus amigos fracciones de segundo antes de recibir el impacto de otra ola.

La oscuridad les impide ver las olas que se acercan hasta el momento en que son prácticamente alcanzados por estas. Para evitar ser sorprendidos, los jóvenes balseros tienen que valerse de sus oídos y los movimientos de la balsa para detectar la aproximación de las olas que despiadadamente sacuden la frágil estructura de *Esperanza*.

La inmensa muralla liquida azota a la pequeña embarcación haciendo que su proa (la parte más ligera) gire nuevamente hacia el oeste. . .

-¡*Vamos a enderezarla otra vez!* -los jóvenes se animan unos a otros mientras intentan regresar la proa hacia el norte.

Cuando ya casi lo logran, son sacudidos nuevamente por otra gigantesca ola que los hace regresar a la posición anterior. La aguerrida tripulación no se rinde y continúa la desigual batalla por la supervivencia ante la furia del violento mar. . .

Poco tiempo después, la expedición apenas puede mantener el rumbo debido a las constantes embestidas de las olas. La marejada entorpece enormemente el trabajo con los remos, y la marcha se hace prácticamente imposible.

-¡*Caballeros, nos estamos matando!* *Yo creo que lo mejor que hacemos es parar los remos pa' conservar energías y agarrarnos fuerte de Esperanza. . . y esperar a que esto pase.* -propone Roberto.
-*Me parece que será lo mejor* -lo apoya Gerardo.

El resto de la tripulación _en silencio y como señal de aprobación a la proposición del joven navegante_ comienza a recoger y asegurar los remos para que no se pierdan.
-¡*Jesús, tú no vayas a soltar ese remo!* -le advierte Roberto- . . . *mira que esa es la única seguridad pa' no virarnos.*
-*Seguro que no lo voy a soltar* -responde el tripulante más joven y corpulento del grupo.
-*Si te cansas, avísale a cualquiera pa' que te releve* -le orienta Roberto.

Jesús se encuentra sentado (en el asiento del remero trasero de la izquierda) con el remo sumergido verticalmente en el agua, abrazándolo contra su cuerpo. Al mismo tiempo, él se aferra a los troncos laterales de la embarcación que hacen función de barandas.

Después de terminar de atar los remos, Raúl va a sentarse junto a Gerardo (su compañero de viaje) en el asiento de los remeros anteriores, y Carlos se traslada hacia la posición de los remeros traseros (junto a Jesús). Roberto _al no tener sentido permanecer en el timón_ abandona su puesto y se sienta entre su hermano y Jesús sujetando fuertemente a ambos. Los tres forman una especie de cadena humana cuyos eslabones se protegen entre sí.

Los asientos para los remeros son los lugares más seguros de la embarcación ya que al estar situados casi al nivel de la superficie del agua, permiten mantener mejor el equilibrio. De esta forma, los tripulantes tienen menos peligro de ser lanzados por alguna ola, o simplemente ser volcados por esta.

Las condiciones climáticas continúan empeorando. La marejada castiga incesantemente a la pequeña balsa tratando de despojarla de su tripulación, pero los cinco jóvenes permanecen sentados y encorvados hacia adelante con la cabeza metida entre sus rodillas. Se protegen de los golpes de las olas que _en algunas ocasiones_ caen sobre ellos como aves de rapiña que se lanzan sobre sus presas. Se sujetan unos a otros al mismo tiempo que todos se aferran como arañas a *Esperanza* para no ser arrastrados hacia el oscuro mar. Por otra parte, el viento azotando los empapados cuerpos de la tripulación y la perdida de calorías debido a la poca alimentación y el excesivo trabajo durante las últimas veinte y cuatro horas provocan en ellos un intenso frío que va desde un insoportable temblor hasta la perdida casi total del habla, son los primeros síntomas de la hipotermia . . .

Roberto toma tres de los cinco impermeables ligeros que llevan en una de las mochilas, y después de darle uno a Carlos y otro a Jesús, comienza a ponerse el suyo cuando es tocado en el hombro por Gerardo. . .

-¿*Qué*. . .? -pregunta el joven mientras termina de acomodarse la vestimenta- ¡¿. . .*dime?!* -insiste este volteándose al ver que su amigo no responde.

Gerardo aún permanece en silencio por unos segundos más. . .

-*Al-can-zza-mme el mi-mío.* -responde Gerardo tartamudeando.

Roberto ve la oscura y temblorosa silueta de su amigo que apenas puede articular palabras. Rápidamente, el joven toma otro de los impermeables y se lo entrega a Gerardo quien _con mucho trabajo y casi sin poder moverse_ se lo pone.

Gerardo ha caído en estado de hipotermia. La frialdad lo ha afectado más que a los demás debido a que él no viste camisa militar (gruesa y resistente) a diferencia del resto de la tripulación. Por petición de su padre, Gerardo lleva puesta una camisa azul oscura, también de mangas largas, pero de tela fina.

Unos minutos más tarde, Gerardo llama a Roberto nuevamente. . .

*-Cuando tengas un chance, pásame la botella con la miel de abejas.*

Por su voz, Roberto se da cuenta de que su amigo está más recuperado. El joven navegante _sin descuidarse_ se inclina otra vez hacia la popa, toma el pomo que contiene la mencionada mezcla y se lo alcanza a su compañero. Sin perder tiempo, Gerardo se lo empina bebiendo dos grandes sorbos de su empalagoso contenido. . .

*-¡aj!* -un sonido característico muestra la satisfacción de Gerardo- *Cuando te llame pa' pedirte el chubasquero* (de esa forma acostumbran a llamarle en Cuba a los impermeables ligeros) *no podía hablar del frío que tenía* -confiesa el joven.
*-Yo me di cuenta, tenías un tembleque. . .* -le dice Roberto regresando a su encorvada posición.

Roberto, quien está sentado entre su hermano y Jesús, pasa sus brazos por detrás de las rodillas de ellos que están más próximas a él. Seguidamente, el joven se entrelaza las manos formando una especie de candado para _de esa manera_ disminuir el riesgo de ser arrastrados por el mar. Por otra parte, Raúl y Gerardo hacen algo parecido, se entrelazan los brazos al mismo tiempo que se sujetan de la balsa. Todos permanecen en silencio, asustados, temblorosos por el frío. Aquello es un verdadero infierno, sólo que _en vez de fuego_ es de agua; parece haber llegado el apocalíptico final de una esperanza. Sin embargo, la tripulación permanece serena impidiendo a toda costa que cunda el pánico y la desesperación, ocultando cada cual su propio temor.

Si el viento continúa arreciando, y la estructura de la balsa está en peligro de ser quebrada por los embates de la marejada, entonces tendrán que lanzarse al agua y esperar _sujetados a los laterales de la embarcación_ hasta que la tormenta termine. Aún en tierra, los cinco jóvenes habían considerado esa posibilidad como último recurso al que apelarían, de ser necesario, para salvar a *Esperanza* y de hecho, sus propias vidas.

La situación es realmente alarmante, están impotentes, a merced de la furia de la naturaleza. Es la hora en que hasta los más ateos recuerdan a Dios, nunca vieron tan de cerca el rostro de la muerte.

*-¡Raúl, pídele a tu gente pa' que nos ayuden!* -Roberto rompe el silencio con un tono sereno, pero preocupado.
*-Eso estoy haciendo.* -responde Raúl- *. . . yo tengo fe en esa gente, y sé que no me van a fallar.*

Raúl y su primo, Jesús, se destacan por ser los dos miembros de la tripulación de mayor apego a la religión. Entre sus equipajes cuentan con una réplica de la *Virgen de Regla* (reina de los mares) y otra de *San Lázaro* (el milagroso).

*-Dios mío. . .* -reza Roberto en silencio- *Si de verdad estas allá arriba, tú sabes que yo no he sido creyente, pero también sabes que jamás le he hecho mal a nadie. Mi socio* -se detiene el joven mientras hace una profunda inspiración- *hoy si que te necesito, por favor, tírame una mano.*
A pesar de su escasa fe, Roberto siente que una inexplicable sensación de calma lo abriga mientras concluye su plegaria.

Ya es pasada la medianoche. Hace algunas horas que el viento se ha mantenido fuerte pero estable; la marejada no ha alcanzado los niveles críticos que la tripulación temía. Hasta el momento, no ha habido necesidad de lanzarse al agua. El mayor problema ahora es el frío. . . y para Roberto, la preocupación de hacia adonde están siendo arrastrados por la tormenta.

El joven navegante toma la brújula en sus manos y _tembloroso_ la observa por unos instantes. Para menor desgracia, el viento está soplando en dirección noreste, lo que impide que sean arrastrados por la corriente (hacia el este) lejos de su ruta. . .

<< *Hace falta que el viento no cambie de dirección* >> -piensa el joven.

La tripulación está extenuada, llevan casi dos días sin dormir. Los párpados pesan como adoquines. A pesar del frío y las sacudidas de las olas, no pueden evitar que se les cierren los ojos y den algún que otro cabezazo. Junto a esos fugaces instantes de sueño, comienzan a llegar las muy peligrosas alucinaciones. . .
<< *El agua está turbia, parece como si estuviera arrastrando tierra.* -piensa Roberto- *Yo creo que estamos cerca de la costa* >>

Por algunas lecturas sobre la geografía de la Florida, el joven tiene conocimiento de que gran parte de la costa sur de dicha península es baja y pantanosa. Es esa idea en su subconsciente la que _sumada al color rojo-cenizo que ha tomado el mar como reflejo del cielo_ provoca en el joven ese pensamiento alucinante. . .

<< *Me voy a meter despacio al agua pa' ver si toco el fondo. . .* >> -piensa el joven en un estado cuasi-hipnótico.
-*¡¡No lo hagas!!* -lo detiene una voz que brota de su interior- *¡No te dejes engañar, no ves que es muy pronto todavía!*
Según los cálculos, de no tener contratiempos, demorarían unos tres o cuatro días en llegar, y solamente llevan poco más de veinte y seis horas navegando. En ese momento, a Roberto se le escapa un pie por el agujero de uno de los neumáticos que forman el piso de la balsa. . .

<< *¡¡No!!* -despierta Roberto sacando, de un tirón, la pierna del agua- *¡Estaba soñando!* >> -piensa mientras una profunda inspiración refleja su alivio. Sin embargo, una gran preocupación lo invade. . .
<< *¿Fue esto un sueño o una alucinación? ¿Llegarán estas alucinaciones al extremo de hacerme perder la razón?* >> No son pocos los balseros que han desaparecido por lanzarse al agua a consecuencias de alucinaciones.

Son casi las dos de la madrugada.

El viento ha disminuido en intensidad, y el mar se ha ido calmando aunque no del todo. Todavía llegan algunas olas aisladas que -aunque no alcanzan a sacudir la embarcación como horas antes lo hacían- constituyen un peligro para la expedición.

El cielo ha perdido el tono rojo-cenizo (característico del mal tiempo) y se ha teñido de oscuro. La tormenta ha cesado, pero los cinco jóvenes permanecen en silencio, enroscados como orugas por el insoportable frío, desvanecidos, vencidos por el sueño. . .

*-¡Yo no quiero que tú te vayas!* -Roberto escucha la voz de su novia que, entre sollozos, lo transporta al pasado. . .

*-No vayas a llorar, por favor.* -le pide el joven en tono suave y cariñoso- *Tú sabes que yo no quisiera irme, pero no puedo dejar que se vayan solos. ¿Te imaginas qué me haría yo si ellos no llegan?*

*-Yo sé que tú tienes razón* -asiente Aliena- *pero. . .*

De repente, una fuerza externa cambia el curso de la conversación.

*-¡No te vayas, que te estoy hablando!* -reclama la joven con tono de enfado.

*-¡No me voy, no sé qué está pasando! ¡Me están empujando!* -una enorme ola lo hace regresar a la realidad. . .

*-¡¡Cuidado!!* -se escuchan las voces de algunos miembros de la expedición.

La balsa ha sido elevada por una gigantesca y rezagada ola que ha tomado a la tripulación por sorpresa. . .

*-¡¡Pa' la derecha. . .!!* -todos se inclinan rápidamente hacia la baranda de estribor buscando hacer contrapeso.

La parte derecha delantera de la balsa se eleva por encima de la montaña líquida. Por un instante, la embarcación se detiene en el aire en posición casi vertical para después emprender una caída brusca de proa hacia el profundo y oscuro abismo que va dejando la ola tras de sí...

*-¡¡Pa'l otro lado!!* -los jóvenes invierten inmediatamente sus posiciones.

El impacto de la caída es recibido por el neumático de tractor que se encuentra en la proa. Gracias al gran tamaño de esta cámara de aire y a sus firmes ataduras, el choque no va más allá de un gran estruendo provocado por el golpe contra la superficie del agua. . .

-*¡Por poco nos viramos!* -exclama Raúl.

-*Nos cogió desprevenidos* -comenta Gerardo.

-*Yo creo que todos estábamos medio dormidos* -dice Carlos.

-*¡¿Y tú?!* -Roberto se dirige a Jesús que está a su lado.

-*¿Yo . . . aquí, sin soltar el remo!* -responde el joven mostrando la parte del tronco que aprisiona contra su pecho.

Roberto le da una ligera palmada a Jesús en el hombro como muestra de satisfacción y estímulo.

Durante un tiempo después, la tripulación se mantiene en alerta ante el temor de ser sorprendidos nuevamente por otra ola semejante. El agua no cesa de correr por sus rostros, sus ropas están empapadas y sus cuerpos entumecidos por la humedad y el frío. No obstante, la joven tripulación no se da por vencida manteniendo su espíritu firme y la esperanza en el mañana.

El tiempo continúa su terca y eterna marcha, y la madrugada envejece.

El mar se ha calmado. Una suave brisa del este parece borrar las huellas de la terrible marejada. En el oscuro cielo, algunas titilantes estrellas avisan que la multitud de nubes se ha ido retirando. El silencio reina. . .

-*Yo creo que pudiéramos ir poniendo las velas.* -aunque el tono de Carlos suena bajo y sedado, su comentario rompe aquel silencio ancestral.

-*Sí, yo creo que sí* -lo apoya Gerardo.

-*Bueno. . .* -Roberto se frota las manos frente a su cara mientras las calienta con su aliento- *¡Vamos a poner las velas!*

El joven navegante va a ocupar nuevamente la posición de timonel desde donde tendrá que controlar la vela mayor. Roberto toma en sus manos la brújula que cuelga de su cuello y destapa su pequeña cubierta plástica. . .

-*Primero tenemos que enderezar la balsa.* -dice mientras observa el preciado instrumento.

-*¿Pa' donde hay que darle?* -pregunta Carlos al mismo tiempo que acomoda el remo posterior derecho.

-*Tú, dale pa'lante y Raúl* (quien está alistando el remo delantero izquierdo) *que le dé al revés* -orienta el navegante de la expedición.

Los jóvenes comienzan a batir sus remos. Sin mucho esfuerzo, *Esperanza* va girando sobre sí misma, trasladando su proa (que apuntaba al este) hacia el norte. . .

-*¡Ya, está bien así!* -avisa el navegante del grupo- *¡Ahora a poner las velas!*

La tripulación comienza a desplegar las velas organizadamente, pero esta vez no se mueven con tanta agilidad como en otras ocasiones, están extenuados. La oscuridad y el profundo silencio de la noche se unen al leve balanceo de la embarcación para actuar como somníferos sobre los cinco jóvenes balseros.

Raúl y Gerardo terminan de colocar y asegurar la vela menor. Mientras Carlos va desenrollando la vela mayor, Roberto va tirando de la cuerda guía que hace deslizar la lona a lo largo de la botavara. Finalmente, la vela alcanza su máxima amplitud, y Roberto _haciéndola girar_ la ubica en el ángulo correcto. El rústico toldo triangular es hinchado por el suave viento. . . y *Esperanza* comienza a desplazarse lentamente. . .

Las olas (promediando 10 pies de altura) parecían insignificantes ante la presencia de dos gigantescas olas gemelas (de unos 15 pies de altura) que aparecían en periodos de unos 20 minutos. Foto tomada por Raúl.

# 6
# Un nuevo día

Un claro resplandor apareciendo en el horizonte anuncia que el amanecer se acerca.

La tripulación espera con ansias la salida del sol; nunca antes han anhelado tanto ver la luz del día.

-*¡¿Jesús. . .?!* -Roberto se da cuenta que el joven ha permanecido inmóvil y silencioso por mucho tiempo.
-*¿Qué. . .?* -responde este levantando la cabeza.
-*¿Estás bien?* -le pregunta Roberto.
-*¡Me dijiste que no lo fuera a soltar!* -le recuerda el joven mostrándole el extremo posterior del remo que aún aprieta contra su cuerpo.

Jesús ha permanecido toda la noche aferrado al remo como a su propia vida.

-*Bueno sí, pero ya el peligro pasó. . . al menos por ahora* -asegura el joven navegante.

El cielo se ha vestido de acero, y las primeras luces de la aurora parecen emerger de las profundas aguas. La terrible noche ha llegado a su fin y _en su lugar_ un hermoso día comienza.

Los primeros rayos del sol se proyectan hacia el infinito tiñendo con su dorada tinta toda la porción este del cielo. En su recta trayectoria, algunos de estos haces se impactan contra las nubes transformando sus conos luminosos en un espectáculo de incandescente colores. Un radiante anillo solar comienza a emerger tras el horizonte donde el lejano mar parece hervir.

Los cinco jóvenes balseros permanecen en silencio, atontados ante tanta belleza. Nunca antes han presenciado un amanecer tan hermoso, tal vez porque nunca antes han añorado tanto ver la luz del alba, o quizás porque en algún momento pensaron que no la volverían a ver. . .

Es miércoles, Mayo 26.

El viento matutino _aunque sopla suavemente_ mantiene las velas hinchadas asegurando así el desplazamiento de la expedición.

<<*¿Vamos bien? o ¡¿Rumbo?!*>> preguntan constantemente los jóvenes al que está en el timón para comprobar que este no se haya quedado dormido.
<<*¡Bien! o ¡Norte!*>> confirma una y otra vez el timonel de turno.

La tripulación se muestra más animada aunque el sueño los consume. No han podido dormir desde el amanecer del Lunes, unas cuarenta y ocho horas de insomnio, viento y marea interrumpidas por algún que otro espejismo fugaz.

El tiempo transcurre muy lentamente. Los cinco jóvenes tratan de combatir el aburrimiento con canciones, chistes o alguna anécdota sobre recuerdos y experiencias personales. Sin embargo, Carlos no puede continuar ocultando su preocupación . . .
-*¡¿Cómo es que a estas horas no hemos visto ni siquiera un cayo?!* -exclama este en tono frenético.

Carlos acostumbraba a escuchar las noticias que daban por Radio Martí, y tiene conocimiento de que muchos balseros cubanos han sido divisados en Cayo Sal por los pilotos de la organización Hermanos al Rescate . . .

-*¡Pues, alégrate! ¡Alégrate de que no hayamos visto ningún cayo!* -le dice sonriendo su hermano en un intento por devolverle la calma- *Esos cayos están mucho más al este, fuera de nuestra ruta.* -continúa el joven explicándole- *Los balseros que llegan allá es porque salieron de las provincias centrales (Las Villas, por ejemplo), o en el peor de los casos, salieron de La Habana, pero fueron arrastrados por la corriente hasta allá. Es más, entre La Habana y Cayo Hueso no hay más na' que agua.*

La detallada explicación del navegante de la expedición alivia la preocupación de Carlos, quien ahora se muestra más sereno . . .

-*¡Bueno, bueno, está bien!* -asiente el joven- *. . .ustedes son los que han estudiado la travesía, pero yo no aguanto una noche más.*

Nuevamente, las palabras de Carlos adquieren un tono grave, pero son atacadas por Gerardo que reacciona oportunamente.

-*¡Oye, no una noche . . . tres, cuatro y las que hagan falta! ¡Aquí la cosa es llegar!* -le responde enérgicamente el médico de abordo- *Según los planes, si después de cuatro días no hemos visto tierra, entonces navegaremos pa'l oeste hasta llegar a las costas de la Florida. ¿No es así?* -le pregunta Gerardo a Roberto.
-*Hu-hummm* -asiente este con un ligero movimiento de cabeza- *Según los cálculos, a partir del cuarto día, pudiera ser que la corriente se desvíe hacia el norte. Si esto pasa, quiere decir que ya no estamos debajo* (al sur) *de la Florida, sino que al este porque la corriente sube bordeando toda la costa, y en ese caso, tendremos que navegar pa'l oeste . . .*

Roberto _como navegante de la expedición_ había dedicado muchas horas de su preparación al estudio de la temible Corriente del Golfo . . . y ha llegado a conocer de ella sus orígenes, temperatura, velocidad y trayectoria.

La mencionada Corriente del Golfo, reconocida como una de las más fuertes del mundo, debe su origen al proceso de rotación de la Tierra, por lo que _contrario a lo que algunas personas opinan_ nunca varia su trayectoria. La misma se origina en la zona ecuatorial del Océano Atlántico debido a que grandes masas de aire _que se desplazan en sentido contrario a la rotación de la Tierra_ actúan sobre la superficie del océano arrastrando sus aguas hacia el oeste, formando así, una corriente marítima superficial de extraordinarias dimensiones.

Al llegar a la costa atlántica de Sudamérica, estas aguas se dividen en dos grandes torrentes: uno se dirige hacia el sur (a buscar las frías aguas del Atlántico Sur), el otro se desvía hacia el norte. Una gran parte de este último torrente llega al Mar Caribe (al sur de Cuba) y alcanza el Golfo de México a través del Estrecho de Yucatán (donde _al igual que en el Estrecho de la Florida_ se convierte en una corriente profunda y de gran velocidad). Después de abandonar el Golfo de México a través del Estrecho de la Florida, la Corriente del Golfo se dirigen al norte bordeando la costa este de Los Estados Unidos hasta llegar al Atlántico Norte. Seguidamente, estas masas de agua se desvían hacia el este y descienden frente a las costas de Europa y la porción Noroeste de África hasta alcanzar _finalmente_ el Atlántico Ecuatorial donde iniciara nuevamente su interminable recorrido.

Eso explica por qué frecuentemente han sido hallados restos de balsas y expediciones cerca de las costas de Miami Beach, Pompano Beach, etc. llegando en casos extremos hasta las proximidades de Cabo Cañaveral.

El tiempo no se detiene . . . ya es mediodía. Al igual que el día anterior, el viento ha aumentado su intensidad haciendo que la expedición avance más deprisa . . .

-¡*Óiganme!* -Jesús llama la atención de sus amigos- ¿*Ustedes no tienen hambre?*
-*Yo no.* -responde Carlos- *La verdad es que no tengo deseos de comer na'.*
-*Bueno, yo sí creo que es hora de que comamos algo* -opina Gerardo.
-¿*Cómo están las reservas?* -pregunta Roberto.
-*Nos queda el galón de agua sola que no lo hemos tocado, un pomo de dos litros de agua con azúcar, miel de abejas y limón que tampoco se ha abierto y un poquito de lo mismo en el otro pomo que hemos estado usando . . .* -Gerardo no ha concluido aún cuando es interrumpido por Raúl.
-*Y todavía nos queda el tanque grande de agua con azúcar.* -el joven se refiere al pesado tanque con cerca de cuarenta litros de la mencionada mezcla.
-¡*Verdad que sí! Vamos a empezar a usar ese y dejar la que tiene la miel de abejas pa' por la noche.* -propone Roberto.
-¡*Claro!* -lo apoya Gerardo- *. . . nos hace falta la miel de abejas pa'l frío de la noche.*
-*El problema está en cómo vamos a sacar eso que está en el tanque.* -la preocupación de Raúl los pone a todos a pensar.

El orificio del mencionado tanque mide aproximadamente dos pulgadas de diámetro, y está situado justamente en el centro de la parte superior de dicho envase.

*-Hace falta rellenar el pomo de dos litros que está casi vacío, pero pa' eso creo que vamos a tener que romper el tanque por arriba.* - Carlos propone abrir un agujero (con un cuchillo de pesca submarina que llevan en una de las mochilas) lo suficientemente grande para que el pomo de dos litros pueda ser sumergido dentro del tanque de agua con azúcar.

*-¿. . . Y si lo levantamos entre dos y lo vamos virando poco a poco?* -sugiere Jesús.

*-¡Oye, eso pesa!* -le recuerda su primo, Raúl.

*-Eso no va a ser fácil.* -asegura Gerardo- *La boca del pomo es muy pequeña y Esperanza se mueve mucho, pero además . . . y si cuando lo desamarramos pa' levantarlo se nos cae el tanque pa'l agua? . . . entonces sí que nos jodemos.*

*-¡¡Ya sé!!* -dice Roberto después de haber permanecido unos minutos en silencio- *. . . podemos coger la manguerita de la bomba de aire y usarla como absorbente.*

La bomba manual de aire se encuentra atada debajo del asiento del timonel. La misma forma parte del equipo de reparaciones, y su función es asegurar el mantenimiento de la presión de aire en los neumáticos en caso de que alguno de ellos comenzara a desinflarse. De ser grande la avería, la tripulación utilizaría el neumático de repuesto para sustituir al que estuviese dañado.

El neumático de repuesto ya estaba previamente inflado. Su diámetro es algo más pequeño que los otros cuatro neumáticos de autobús. Este repuesto está colocado dentro de la circunferencia interior de la cámara de tractor (la mayor de todas) que está en la proa.

La tripulación acepta la proposición del joven navegante. A fin de cuentas, hasta el momento no ha habido necesidad de utilizar la bomba de aire. Además, la manguera podría ser reinstalada en caso de que surgiese algún contratiempo con los neumáticos.

Carlos desata la bomba de aire y la sujeta sobre el asiento del timonel mientras Roberto busca el cuchillo de pesca submarina entre las mochilas. En su lugar, el joven navegante encuentra un viejo cuchillo de mesa que también viaja en el equipaje.

-*Este mismo . . .* -dice Roberto en tanto se dispone a cortar la manguera.
-*Córtala lo más largo que puedas.* -le sugiere su hermano.

Después de terminada la operación, Carlos regresa la bomba de aire a su posición anterior donde nuevamente la ata para que no se extravíe. Al mismo tiempo, su hermano enjuaga la mencionada manguera con agua de mar. Más tarde, Carlos toma uno de los extremos y lo introduce por la estrecha boca del tanque, y Roberto succiona con su boca por el extremo opuesto del improvisado absorbente haciendo que la preciada mezcla fluya a través del mismo. Inmediatamente, Jesús coloca el pomo de dos litros (que está vacío) justo debajo del delgado chorro.

Una vez llenado el pomo, Roberto eleva rápidamente el extremo de la manguera haciendo que el fluido se detenga al mismo tiempo que Carlos y Jesús tapan el tanque y el pomo respectivamente...

-*¡Ya está!* -exclama Roberto quien después enjuaga la manguera y se dispone a guardarla en el interior de una de las mochilas.
-*¡Bueno pues, a comer!* -dice Jesús empinándose el pomo y bebiendo dos grandes sorbos de la empalagosa mezcla- *¡Aj . . .!* -exclama mientras se lo alcanza a su primo.
-*¡¡Ñooo!! Esto está en candela.* -Raúl no puede evitar su reacción al beberla.

El sol ha calentado el tanque, por lo que se hace más difícil aún tragar aquella mezcla. Después, le siguen Gerardo y Roberto quien _por último_ se lo va a pasar a su hermano...

-*¡No, yo no quiero!* -lo detiene este- *. . . tengo el estómago revuelto.*

En ese instante, Carlos se inclina sobre la borda para arrojar. Su hermano se mantiene alerta por si necesita ayuda, pero Carlos es fuerte y se incorpora enseguida.

-*¿Estás mareado?* -le pregunta Gerardo.

*-No* -responde el joven- . . . *lo que me siento es el estómago vacío, pero no quiero tomar esa cosa que está muy repugnante.*

*-Pues, a lo mejor vomitaste por eso, porque tienes el estómago vacío* -le dice Gerardo. Carlos lleva muchas horas sin ingerir alimentos- . . . *todos sabemos que eso está de madre, pero tienes que tomártelo porque si no, te puede dar una fatiga y entonces será peor.* -le aconseja el médico de la expedición.

Finalmente, Carlos acepta y _con una expresión de desagrado en su rostro_ bebe un poco de agua con azúcar.

*-Y hablando de todo un poco* . . . -dice Roberto buscando un poco de distracción- *¿Qué les gustaría comer cuando lleguemos?*

*-Yo, un pan con jamón y queso.* -responde Gerardo.

*-A mí denme lo que sea* . . . -una vez más, Jesús muestra su voraz apetito.

*-Pues yo me conformaría con una pizza y un helado.* -asegura Roberto.

*-Yo también* . . . -asiente su hermano.

La expedición continúa su maratónica ruta. Junto a ella, el tiempo _con su apacible y cadencioso andar_ va arrastrando un día más tras de sí. Son alrededor de las cinco de la tarde, y el sol va descendiendo camino a su escondite . . .

Para aquellos jóvenes, este ha sido un día largo y solitario, no han visto barco alguno. Solamente han divisado algunas gaviotas y tenido la compañía de un pequeño pez que _desde la mañana_ ha permanecido debajo de la balsa escoltando a la expedición a la vez que aprovecha su sombra para ocultarse de los rayos solares.

El oleaje _aunque ha aumentado durante la tarde_ ya es considerado como parte de la rutina diaria, por lo que casi pasa inadvertido para los tripulantes. Mientras, reina la paz.

De pronto . . .

*-¡¿Vieron aquello* . . .*?!* -la temporaria calma es interrumpida por la alarma de Gerardo en el momento en que *Esperanza* ha sido ascendida por una ola.

*-¿Qué* . . .*?* -reaccionan sus compañeros poniéndose en alerta.

-*Me pareció ver algunas aletas por allá.* -responde el joven mientras señala hacia el noroeste.

La escalofriante noticia enmudece a la tripulación, y Carlos apoya su mano derecha sobre el arpón. Durante unos instantes, todos se mantienen a la expectativa, esperando la próxima ola para _desde su cima_ tener una mejor visión, preparados para enfrentar el temible encuentro, no les queda otra alternativa.

-*¡Mira, mira . . . allá están!* -avisa nuevamente Gerardo.

Efectivamente, varias aletas emergen y se sumergen en la superficie dibujando una especie de semicírculos, una danza muy característica que ayuda a Carlos a identificar inmediatamente a aquellos animales.

-*¡¡Son delfines!!* -exclama el joven con gran alivio.

Las palabras de Carlos son sucedidas por una profunda y colectiva inspiración que deja escapar la inmensa tensión que _por unos segundos_ contuvo hasta la respiración de aquellos cinco balseros. . .

-*¡Sí, sí, son delfines . . . y parece que vienen pa' acá!* -añade Gerardo.

La manada se acerca a la balsa para dar la bienvenida a los cinco visitantes.

-*¡Son una pila!* -dice Jesús mientras la pequeña nave es rodeada por los curiosos animales.

Aproximadamente una docena de pequeños delfines pintados juguetean alrededor de la embarcación.  Por unos instantes, la tripulación permanece inmóvil, enmudecida ante la presencia de aquellos amistosos seres que _inexplicablemente_ transmiten sentimientos de compañía y seguridad a los jóvenes balseros.  Un extraordinario silencio acompaña al emotivo encuentro donde se establece una especie de comunicación que va más allá del entendimiento humano, una comunicación donde el único lenguaje es el instinto natural de la supervivencia y cuyo tema principal es la esperanza . . .

-*¡Raúl . . . la cámara!* -le sugiere Roberto al fotógrafo del grupo.

*-¡Que va . . .! No tengo ganas ni de tirar fotos.* -la expresión del rostro del joven refleja su agotamiento.   Raúl no ha logrado recuperarse totalmente de los mareos y vómitos que se le habían presentado el día anterior.

*-Pues, voy a hacerlo yo.* -murmura Roberto mientras se desplaza lentamente para buscar la cámara fotográfica que está en una de las mochilas.

Repentinamente, los delfines emprenden una masiva retirada impidiendo así ser fotografiados, pero para mayor sorpresa de la tripulación, la manada se dirige directamente hacia el norte, como si estas magníficas criaturas trataran de mostrarles el camino . . . Mientras allí, en el inmenso mar, quedan *Esperanza* y los cinco jóvenes con el pensamiento en aquellos amistosos seres, la mirada fija en el horizonte y la confianza en el mañana . . .

Gerardo y Roberto en un momento de celebración.   El viento mantiene las velas hinchadas y la balsa no presenta avería alguna; la expedición avanza.   Foto tomada por Raúl.

Carlos -brújula en mano-, verifica el rumbo de la expedición mientras sujeta el timón con su mano izquierda. Foto tomada por Raúl.

# 7
# Una noche agitada

Ya los delfines se han ido. Junto a ellos, el sol también se ha marchado anunciando que un día más termina . . .

El mar se ha tornado gris como reflejo de un cielo que ha ido tomando los bellos colores del atardecer. Al igual que la noche anterior, la marejada ha aumentado a consecuencia de los fuertes vientos que, en esta ocasión, soplan del sureste. La negra tinta de las tinieblas ha manchado todo el paisaje celeste haciendo desaparecer el horizonte bajo la densa oscuridad de sus dominios. Sin embargo, hacia el oeste una delgada franja acerada _a punto de sumergirse_ es la huella que ha dejado el sol tras su despedida. En esa misma dirección, unas lejanas luces avisan la presencia de un buque.

El suceso no pasa inadvertido a los ojos de aquellos balseros, pero estos no se detienen, están decididos a continuar su peligrosa travesía.

La noche se presenta muy similar a la anterior, sólo que el cielo no está nublado; además, la tripulación cuenta con una poderosa arma para desafiarla: la experiencia de la pasada noche.

Para ello, Gerardo se posiciona en la proa (a la derecha) con el propósito de avisar la aproximación de las olas. A su izquierda, se prepara Raúl, quien lo ayuda a hacer contrapeso. Carlos y Jesús se mantienen en el asiento de los remeros traseros mientras que Roberto permanece en el timón controlando la vela mayor.

Los jóvenes no pierden de vista al desconocido barco que se acerca por el oeste, pero se resisten a la tentación de desviar su rumbo . . . y continúan navegando hacia el norte.

De repente, una pequeña luz en la parte superior de la nave comienza a desprenderse de la misma al tiempo que se va elevando lentamente y empieza a volar en dirección a la balsa . . .

*-¡Es un helicóptero!* -advierte el navegante del grupo.

*-¡. . . Y viene pa' acá!* -exclama Gerardo.

*-¿Nos habrán visto?* -pregunta Jesús.
*-Yo no sé, pero por si acaso, saca la linternita pa' hacerle señales. -*
le sugiere Carlos a su hermano.

Inmediatamente, Roberto busca en uno de los bolsillos de su camisa y extrae la pequeña linterna-llavero. Después, el joven retira la envoltura de nylon con que la había cubierto para protegerla del agua. Una vez lista, el navegante del grupo se dispone a encenderla para emitir tres destellos de luz cortos, tres largos y nuevamente tres destellos cortos (SOS en alfabeto Morse que había aprendido como parte de su preparación), pero al accionar el pequeños instrumento . . .

*-¡¡No enciende!!* -exclama Roberto angustiado.

La marejada de la noche anterior había sido devastadora, y ni siquiera la bolsa plástica pudo evitar que la linterna fuera dañada por el agua salada.

*-Apriétale bien la tapa, no vaya a ser que esté floja* -le sugiere su hermano.

El joven trata de ajustar el pequeño aparato, pero no logra resultado alguno.
En ese instante, Roberto recuerda como su madre le insistió _el día de la partida_ para que llevara una fosforera de gas (nombre común que se le da en Cuba a los encendedores de bolsillo). Desdichadamente, por falta de tiempo, el joven no pudo esperar a que esta fuera rellenada con gas licuado. Originalmente estos encendedores son desechables, pero los cubanos se las han ingeniado para rellenarlas, un invento más para sobrevivir a la crisis.

El helicóptero continúa su vuelo a baja altura, y de mantener su trayectoria, pasará muy próximo a la pequeña embarcación.

El joven navegante no pierde tiempo y regresa la mencionada linterna al bolsillo de donde la había sacado. Rápidamente, Roberto se desplaza hacia el centro de la balsa donde se encarama sobre la baranda de estribor para ganar mayor altura. Allí, mientras se aferra al mástil con una mano, con la otra levanta la tapa de la brújula donde se halla un pequeño espejo circular, y lo eleva sobre su cabeza para intentar que _desde el helicóptero_ puedan detectar el reflejo de su propia luz . . .

La aeronave se acerca . . . ya casi está frente a ellos. Roberto no deja de hacer señales, pero tampoco se descuida porque la embarcación se balancea como un potro salvaje que se niega a ser domado por su jinete. El resto de la tripulación se mantiene observando al helicóptero, a las olas y a Roberto para socorrerlo en caso de que cayese al agua.

Son momentos de angustia y desesperación, quieren gritar, pero no lo hacen porque saben que no serán escuchados. Por lo tanto, todos permanecen silenciosos e inquietos, mirando como la nave aérea pasa frente a sus narices y sigue de largo . . .

-*Lo tuvimos tan cerca.* -murmura Jesús con gran pesar.

Por unos instantes, una inmensa sensación de soledad y vacío se apodera de aquellos jóvenes, quienes no apartan la mirada del aparato. Mientras el helicóptero se aleja, los cinco balseros escuchan el sonido de su motor con tanta atención como si se tratase de la más bella melodía que, para ellos, pudo significar el regreso a la vida.

Roberto, aún de pie, cierra la tapa de la brújula y se la cuelga nuevamente del cuello . . . y permanece arriba, mirando, escuchando . . .

-*¡Óiganme, por allá hay unas luces!* -las palabras del joven hacen eco en el resto de la tripulación.
-*¿Luces, dónde . . .?* -preguntan ansiosos sus amigos.
-*¡Allá!* -Roberto señala hacia la misma dirección que ha tomado la nave- *guíense por el helicóptero y verán, más atrás, una luz, y un poco más a la izquierda hay otra.*
-*¿Tú estás seguro?* -le pregunta Raúl entusiasmado.
-*Bueno, si la vista no me engaña, yo creo que sí.* -responde el joven.

Efectivamente, dos débiles luces _a muchas millas de distancia_ parecen flotar en la espesa oscuridad de la noche. Ambas brillan a la misma altura, lo que hace suponer a Roberto que delimitan la parte superior de algo que está detrás del horizonte . . .

*-Yo no quiero hacerme ilusiones, pero si aquellas luces no son barcos, entonces podría ser Cayo Hueso* -comenta el joven navegante quien aún permanece de pie, sujetado al mástil.

*-Bueno, por sí o por no, bájate de ahí, no vaya a ser que te caigas.* -le sugiere Gerardo.

El tiempo transcurre lentamente. Unas dos horas han pasado desde que el helicóptero se fue. El oleaje ha continuado arreciando.

Desde la llegada de la noche, el enjambre de pequeñas luces verdes fosforescente ha vuelto a resurgir de las oscuras aguas con aquella caprichosa danza circular. También se hace presente el agotamiento que _unido a la oscuridad y la larga espera_ sumerge a los tripulantes en un estado cuasi-hipnótico que, en algunas ocasiones, llega hasta provocarles alucinaciones . . .

*-No hemos vuelto a ver las luces.* -comenta Carlos.

*-Parece que eran barcos.* -le dice Roberto con voz soñolienta.

*-¿Vamos bien?* -pregunta Gerardo desde la proa para controlar el estado del timonel.

*-¡ . . . Bien!* -responde automáticamente Roberto mientras abre exageradamente sus ojos y se esfuerza tratando de leer la brújula, pero sus ojos no responden, y por más que intenta mantenerlos abiertos, se les cierran solos.

Hacia el oeste, un pálido resplandor en el cielo avisa la presencia de una zona muy iluminada detrás del horizonte. No obstante, los expedicionarios prefieren no desviarse y continuar la marcha; la cual se ha ido haciendo más lenta y difícil porque _inexplicablemente para ellos_ el viento ha ido cambiando paulatinamente su dirección, ahora sopla casi de frente. Debido a esto, Roberto ha tenido que ir ajustando la vela mayor.

Por otra parte, el oleaje también ha variado, ya no ataca por estribor sino que embiste a la embarcación casi de frente a la proa haciendo que esta se eleve como una rampa de lanzamiento para regresar después en picada contra la superficie.

Gerardo _que cumple la función de vigía de proa_ avisa constantemente, *"¡¡Otraaaa!!"* cada vez que una ola se aproxima. El tiempo de reacción para la tripulación es, sin embargo, muy corto debido a que la oscuridad impide que la ola sea vista hasta el momento en que esta casi se impacta contra la embarcación.

-*¡Raúl!* -Gerardo le grita a su compañero al advertir que este se está quedando dormido.

-*¿Qué . . .?!* -responde este con la voz de una persona que aún no se ha despertado.

-*¡Oye, ponte pa' esto que si no, nos vamos a virar!* -le reclama su amigo.

Raúl hace un esfuerzo por mantenerse despierto, pero el agotamiento es extremo y el sueño lo vence una vez más. Gerardo sabe que Raúl está extenuado; los repetidos mareos y vómitos han agotado la poca resistencia de que disponía su delgado cuerpo. Para solucionar eso, a Gerardo se le ocurre una idea . . .

-*Vamos a cruzar los brazos.* -le sugiere el joven a su compañero mientras pasa su brazo izquierdo por detrás del codo derecho de Raúl- . . . *cuando sientas que te hale, es pa 'que te muevas rápido junto conmigo.*

-*Está bien.* -Raúl acompaña su respuesta con un ligero movimiento de cabeza.

De esta forma, Gerardo no tiene que observar a su amigo ya que ahora se mantiene en contacto con él al mismo tiempo que vigila las olas.

Unos minutos después, Raúl cede una vez más en su batalla contra el sueño y comienza a cabecear nuevamente. Su amigo intenta mantenerlo despierto golpeándolo con su hombro repetidamente, pero es inútil. Raúl está desfallecido y ya casi ha perdido hasta la capacidad de reacción.

De repente . . .

-*¡¡Otraaa . . .!!* -avisa Gerardo mientras, de un tirón, hace incorporar a su amigo.

Raúl, medio aturdido, recuerda lo que le había dicho su compañero... y acudiendo a la última reserva de sus energías, responde con un tirón que logra sacar a Gerardo de su lugar. En la sorpresa, Raúl no se ha dado cuenta de que ha tirado de su amigo precisamente en la dirección opuesta haciendo que este pierda el equilibrio y caiga sobre él recargando casi todo el peso hacia la parte izquierda de la proa . . .

*-¡¡Suéltame!!* -el grito desesperado de Gerardo aumenta la confusión de Raúl quien no alcanza a entender lo que está sucediendo; sin embargo, su compañero sabe muy bien lo que puede significar ese error.

La devastadora ola arremete contra la esquina derecha de la proa haciendo que esta se eleve peligrosamente. Tras la proa, toda la banda de estribor sale del agua alcanzando un ángulo crítico donde el vuelco parece ser inminente . . .

*-¡Pa' la derecha!* -la instintiva voz de uno de los tres tripulantes de popa hace que los mismos se recarguen aún más sobre la baranda de estribor aumentando el peso sobre la misma y deteniendo su ascenso.
Simultáneamente, Gerardo se logra liberar de Raúl (quien _en su confusión_ continuaba tirando del brazo de Gerardo) y se lanza sobre la parte de la proa que se ha elevado . . .

El brusco cambio en la distribución del peso sobre la balsa (que ahora se recarga hacia la derecha) ocurre en el preciso instante en que la embarcación ha sobrepasado la parte superior de la ola y se precipita hacia el vacío que va dejando dicha ola tras de sí . . .

*-¡¡Pa'l otro lado!!* -nuevamente, un cambio de posición para la tripulación que trata de amortiguar la caída, la cual ya es inevitable.
El estruendoso impacto de los neumáticos contra la superficie del agua estremece a toda la expedición . . .

*-¡Ufff . . .!* -una exhalación colectiva deja escapar la tensión del susto.
Todo ha ocurrido a la velocidad de un relámpago.

*-¿Tú viste lo que hiciste?  Por poco nos viramos.* -Gerardo le reclama a Raúl.
*-Compadre yo ya no puedo más, estoy muerto.  Déjame, déjame que yo me voy a tirar encima de esos palos* (refiriéndose a la base de la balsa), *y si me ahogo, me jodí.* -el tono derrotado de Raúl hace exaltar a Gerardo aún más.

*-Déjate de hablar mierda porque te voy a dar una clase de trompón que se te va a quitar la bobería esa.* -la amenaza y el tono del joven hacen que Roberto intervenga...

*-¡Oye, Gerardo! ¿Qué es lo que pasa allá alante?*

*-Na' que este parece que se ha aflojado.* -responde el médico de la expedición.

*-Bueno, pónganse pa' esta que aquí lo que no puede haber es bronca.* -les recuerda Roberto.

*-No te preocupes que aquí no va a pasar na'.* -responde Gerardo.

Unos minutos después . . .

*-Oye, vamos a revisar las cámaras.* -sugiere Carlos.

Su hermano se vuelve y chequea palpando los dos neumáticos de popa . . .

*-Estas de aquí atrás están bien.* -avisa el joven.

*-Las de aquí alante también.* -confirma Gerardo después de revisar el neumático de proa y el de repuesto.

*-Estas del medio no parecen estar mal tampoco.* -dice Carlos mientras las presiona con sus manos.

Una vez más, la solidez y el esmero con que fue construida *Esperanza* han salvado a la tripulación de un naufragio seguro.

El pálido resplandor que _desde hace un tiempo_ se ha estado reflejando en el cielo, ahora ha tomado más fuerza, lo que delata la presencia de algo grande que se aproxima.

*-Yo no sé si deberíamos desviarnos pa' ver qué cosa es. A lo mejor es un cayo.* -comenta Roberto.

*-A mí me parece que no* -dice Raúl mostrándose más recuperado- . . . *lo mejor que hacemos es seguir pa'lante, que eso fue lo que acordamos antes de salir.*

*-Bueno, seguimos entonces.* -accede el navegante del grupo.

Después de todo, Raúl tiene razón. Muchos balseros pierden días enteros navegando sin rumbo, tratando de encontrar ayuda. Desgraciadamente, esta búsqueda ha resultado fatal para una gran parte de ellos.

*-¡Allá está . . .!* -avisa Carlos.

Las primeras luces comienzan a emerger tras el horizonte . . . y unos minutos después, aparece un hermoso barco totalmente iluminado.

Un rato más tarde, la nave continua acercándose a una velocidad impresionante. De mantener el rumbo, pasará muy cerca de la expedición.

*-Es un barco igual a aquel que nos paró cuando íbamos saliendo.* -advierte Carlos.

Efectivamente, un hermoso crucero reluce como un oasis en medio de aquel desértico paisaje.

*-Si le cortamos pa' arriba, a lo mejor lo podemos coger.* -sugiere Roberto.

*-Yo no creo, acuérdate que esos barcos parecen que no, pero corren.* -le recuerda Raúl.

*-Yo lo sé, pero como viene pa' arriba de nosotros . . . -le dice Roberto- Además, yo sé que el lío no es sólo cogerlo sino como nos subimos después.*

El joven sabe que para abordar un barco en alta mar necesitan la ayuda de la tripulación del mismo, lo cual es muy poco probable que suceda, ya que _debido a la oscuridad_ es casi imposible que puedan ser detectados por los miembros de dicha nave.

El resto del grupo permanece en silencio, observando la inmensa nave que se aproxima, aparentemente, por el suroeste.

Aproximadamente media hora después, el desconocido buque continúa acercándose aunque ahora parece venir detrás de ellos, es decir, aparentemente desde el sur. Esto despierta gran confusión en Roberto . . .

*<< No puede ser. Cuando vimos el resplandor, estaba al oeste. Después, el barco apareció por el suroeste . . . y ahora, está al sur. ¿Lo habremos ido dejando atrás? No, que va, Esperanza no puede navegar más rápido que un barco >>*

Estas y otras interrogantes invaden el pensamiento del joven navegante, pero por más que se esfuerza no logra encontrar una explicación lógica a aquel fenómeno; el agotamiento le impide pensar con claridad. Por otra parte, el viento _que al soplar de frente parece oponerse al avance de la embarcación _ es algo que tampoco ha dejado de preocupar al joven.

La nave continúa acercándose . . . y ya está a poco más de una milla de la expedición cuando comienza a girar ligeramente hacia la izquierda.

> -*¡Caballero, vamos a coger ese barco!* -propone Roberto. El propio navegante no entiende por qué se siente tan atraído hacia aquella nave; hay algo en ella que llama poderosamente su atención, pero el joven no ha descubierto qué es.
> -*¡Oye, no vamos a poder!* -asegura Raúl.
> -*Si lo hubiésemos hecho desde el principio, sí . . . pero además, algo tenemos que hacer porque hace rato que no avanzamos.* -el joven navegante presiente que algo anda mal, pero no logra darse cuenta exactamente que es.
> -*Eso es verdad.* -lo apoya Carlos- *Tenemos el viento de frente que no nos deja avanzar.*
> -*Bueno, pues . . . si lo vamos a hacer, lo estamos haciendo ya.* -precisa Gerardo.

La tripulación queda en silencio por unos segundos . . .
> -*¡¡Arriba!!* -la voz de aviso dada por el navegante del grupo pone en alerta a la tripulación- *¡Carlos, recoge la vela!* -dice Roberto mientras comienza a desatar la cuerda que mantiene desplegada la vela mayor.

Carlos se arrodilla junto al mástil, y alternando ambas manos comienza a cobrar la lona hasta replegar completamente la vela principal.

> -*¡Ya . . .!* -le avisa este a su hermano.
> -*Gerardo, pon el foque pa' la derecha y aguántalo ahí.* -le orienta Roberto.

El joven toma el extremo externo de la botavara de la vela menor y lo pasa por encima de la baranda de estribor colocando la pequeña vela de plano al viento. La embarcación comienza a girar lentamente hacia la izquierda . . . Cuando esta ha rebasado unos noventa grados . . .

*-¡Suéltala ya!* -Roberto le avisa a su hermano para que libere la vela mayor mientras cobra la cuerda tensora que despliega la lona.

El viento hincha la gran vela haciendo que *Esperanza* gire bruscamente completando un ángulo de 180°.

Los jóvenes balseros _incluyendo el propio navegante_ quedan sorprendidos de su propia destreza, y aunque Roberto había dedicado horas de su entrenamiento al estudio de las velas, carecía de experiencia práctica, por lo que nunca pensó que aquella embarcación sería capaz de realizar un giro de esa magnitud.

La drástica maniobra es sucedida por una explosiva arrancada. El viento _que ahora sopla por la popa_ hace que la embarcación alcance una velocidad increíble . . .

*-Mantengan el foque pa' la derecha* (contrario a donde está la vela mayor). -les orienta Roberto a los dos tripulantes de proa.

Durante toda la travesía, el foque ha sido ubicado paralelamente a la vela mayor. Sin embargo, el viento sopla ahora a favor de la embarcación, por lo que el joven navegante ha decidido aprovecharlo al máximo.

Gerardo y Raúl colocan el foque de manera tal que su mayor área cubra la parte derecha ya que la vela principal se encarga de abarcar desde el centro de la balsa (donde se halla el mástil) hacia la izquierda, poco más de siete pies. Debido a que la fuerza del viento actúa más sobre la vela mayor, la embarcación se inclina hacia la izquierda . . .

*-¡Córranse todos pa' la derecha pa' que hagan contrapeso!* -precisa Roberto mientras ata la cuerda que mantendrá fija la vela mayor.

Inmediatamente, Carlos, Raúl y Gerardo se sientan sobre la baranda de estribor sujetándose con los pies de las estructuras del fondo de la balsa. Mientras, Roberto permanece en la parte derecha del timón, y Jesús, indeciso, se queda en su lugar observando lo que hacen sus compañeros . . .

*-¡Jesús, pásate pa' este lado!* -le grita Gerardo.

*-¡¿Pa' ahí . . .?!* -cierta sensación de temor se nota en la voz del joven.

*-¡Sí, pa' aquí!* -afirma su amigo con tono imperativo.

*-¿Y tengo que sentarme ahí?* -la indecisión de Jesús se refleja en los movimientos lentos e inseguros con que el joven alcanza su nueva posición.

*-¡Aquí, Jesús, aquí!* -insiste su compañero.

Finalmente, Jesús alcanza a sentarse en la baranda al mismo tiempo que se aferra con sus manos a ella.

A pesar de que el peso se recarga sobre la parte derecha de la balsa, ese lado se mantiene arriba, deslizándose sobre la superficie del agua y perdiendo _alguna que otra vez_ el contacto con ella. Sin embargo, la parte izquierda surca el mar como un torpedo que cada vez toma más y más velocidad.

*-No mires pa' abajo rubio.* -le advierte Jesús con voz aterrada a su compañero, quien se distingue en la oscuridad por su pelo claro.

*-¿Qué cosa?* -pregunta Gerardo.

*-Las lucecitas esas . . .* -responde el joven.

Los pequeños remolinos que formaba el agua entre los neumáticos son ahora torbellinos en los que las diminutas luces verde-fosforescente parecen alargarse formando luminosos haces curvos que _enloquecidos_ se retuercen en las oscuras aguas.

La embarcación continua aumentando su velocidad, los tensores que sujetan el mástil vibran como cuerdas de guitarra debido al empuje del viento sobre ambas velas. La pequeña balsa parece levantar el vuelo cada vez que alguna ola le hace función de rampa...

*-¡Vamos viento en popa y a toda vela!* -grita el navegante del grupo con regocijo.

*-¡Oye, esto es mucho pa' Esperanza . . . se va a desarmar!* -dice Carlos mientras palpa la lona de la vela mayor y uno de sus tensores.

*-No te preocupes que ella aguanta.* -le asegura su hermano sonriente aunque él también sabe que, debido a la escasez, algunas de las cuerdas utilizadas para atar los neumáticos eran de poca resistencia y mala calidad.

El drástico cambio en cuanto a rumbo y velocidad ha estimulado a los jóvenes haciendo que estos pierdan el sueño que _hasta hace un momento_ los mantenía atontados.

Después que la vela ha sido fijada y asegurada, Roberto destapa la brújula para determinar la nueva dirección que han tomado y así calcular, posteriormente, la desviación aproximada que han tenido de su ruta . . .

<<¡¿Qué . . .?! ¡No puede ser!>> -se asombra el joven navegante al ver que, según la brújula, la proa de la embarcación se dirige hacia el norte- <<*Yo no puedo creer que esta cosa se venga a romper ahora.* >> -piensa el joven refiriéndose al pequeño instrumento.

Roberto eleva su mirada al cielo de una confirmación, las estrellas, método de orientación utilizado por las antiguas civilizaciones: Afortunadamente, el cielo está mucho más despejado que la noche anterior . . .

<< *Allá está la Osa Mayor. Siguiendo un poquito más pa' allá . . . la estrella Polar. ¡Entonces, la brújula está bien!!* >> -piensa el joven.

Inmediatamente, todas las interrogantes que hasta hace un momento habían invadido su pensamiento se aclaran en una sola respuesta: Inconscientemente, habían ido desviando el rumbo hacia la derecha describiendo una especie de semicírculo, dirigiendo la proa de la embarcación hacia el sur, es decir, en dirección a Cuba. Eso explica por qué el barco aparentemente había cambiado su posición apareciendo su resplandor por la izquierda (aparentemente el oeste para aquellos balseros) y después fue desplazándose hacia _lo que ellos pensaban_ el sur. La realidad es que el barco apareció por el noroeste y se dirige ahora hacia el norte, seguramente hacia la Florida.

-¡¡Caballeros, ahora sí que vamos bien!! -grita con regocijo el navegante de la expedición.
-¡¿Cómo que vamos bien?! -por un momento sus compañeros se muestran confundidos. Ellos todavía piensan que se han desviado de su ruta para tratar de alcanzar al barco.

Roberto procede a aclararles lo que había estado sucediendo. Después de escuchar la explicación del joven navegante, todos se llenan de alegría y optimismo hasta el punto de no preocuparse por la imposibilidad de alcanzar el barco que cada vez les va tomando más ventaja . . .

Carlos en la popa, junto a él, una de las cuerdas tensoras (vientos) que sostienen el mástil. Foto tomada por Raúl.

Carlos en el asiento de los remeros delanteros, próximo a la proa. Debajo de él, se observa el neumático de repuesto. Al fondo, la vela menor. En el extremo izquierdo, la vela mayor con el mástil. Extrema derecha, se observa parcialmente la pierna de Gerardo, parado sobre la baranda de estribor. Foto tomada por Raúl.

# 8
# El regreso a la vida

La frialdad de la madrugada es reforzada por una ligera llovizna. El mar se muestra relativamente sereno, y la tripulación está extenuada. Una tenebrosa calma reina en el ambiente cubriéndolo todo con un profundo silencio que _alguna que otra vez_ es interrumpido por los sonidos de un mar que ruge cual fiera dormida.

Roberto había sido relevado por Gerardo, quien ahora ocupa el timón. El joven navegante, después de un ligero sueño, levanta su cabeza y retira el gorro de su impermeable con que cubre su cara del frío. Seguidamente, corre la mirada por el resto del grupo. Todos están callados, vencidos por el sueño, temblorosos y encogidos por el frío . . .

<<*Allá en la popa están Gerardo y Raúl, a mi lado Jesús, y Carlos . . . ¿Dónde está mi hermano?*>> -por unos instantes el joven se alarma al no ver a su hermano, y el más terrible pensamiento lo hace reponerse de aquel soñoliento estado. Él sabe que la mayoría de los casos de balseros que se pierden en el mar ocurren durante la noche.

Inmediatamente y con los ojos bien abiertos, Roberto dirige la vista a sus alrededores una vez más.

<<*¡Huff . . . ahí está!*>> -el joven respira profundamente. Un abultamiento en la parte inferior de la vela, junto al mástil, delata la presencia de un cuerpo que se cobija del viento y la lluvia- <<*Verdad que este tipo las inventa en el aire* >> -piensa Roberto sonriente, y se vuelve a cubrir la cabeza con el gorro de su impermeable.

Un sombrío amanecer comienza a despuntar. Aunque la lluvia ha cesado, el cielo está totalmente nublado. La inmensa multitud de grises nubes contagia el nuevo día con su tenue penumbra, y el mar se viste de pena con un cenizo color invernal. Por otra parte, el sol, prisionero de aquella espumosa barrera aérea, muestra una opaca silueta que expresa el dolor de su cautiverio.

La triste mañana se refleja en el ánimo de aquellos jóvenes que permanecen silenciosos, entumecidos, con la esperanza de que algún fugaz rayo solar caliente sus empapados cuerpos. Para desgracia de ellos, mientras el tiempo se mantenga así, esa esperanza está tan lejana como el hecho de ser encontrados por "Hermanos al Rescate" u otra organización similar porque es poco probable que alguien vuele un avión bajo esas condiciones climáticas. . . y eso _aunque no lo comentan_ ellos lo saben.

La expedición sigue adelante aunque ahora mucho más lento que durante la noche ya que el viento ha disminuido considerablemente.

El tiempo prosigue su inquebrantable camino. Han pasado unas tres horas desde que amaneció. Hacia el norte, muy cerca del horizonte, una estrecha franja azul celeste marca lo que pudiera ser el final de aquella extensa nubosidad. Simultáneamente, pero varias millas al sureste, un mercante surca las inquietas aguas en dirección norte. . .

-*Ese sí que va lejos.* -comenta Gerardo.
-*Hm-hmm* -asiente Roberto con un movimiento de cabeza, mientras lo observa detenidamente.

El resto de la tripulación no le da mucha importancia al suceso ya que _evidentemente_ el carguero va a pasar muy lejos de ellos.

La mencionada nave continúa su ruta hacia el norte. . . Y poco tiempo después, estaría navegando paralelamente a la maltrecha expedición, solo que a varias millas al este de esta.

Los jóvenes observan calladamente a su enorme vecino. Sus miradas encierran añoranza, ansiedad y hasta un poco de desesperanza, especialmente Jesús, a quien _en un descuido_ se le cae uno de sus guantes al agua, y para sorpresa de sus compañeros, el joven permanece inmóvil mirando como el guante comienza a hundirse lentamente. . .

*-¡¡Recógelo!!* -el tono imperativo en el grito de Raúl hace que su primo reaccione.

Rápidamente, Jesús se inclina al frente e introduce su brazo derecho en el agua logrando alcanzar el guante que ya comenzaba a alejarse de la superficie.

El simple suceso es el primer síntoma significativo del desinterés que muestra una persona que se siente derrotada. Sin embargo, también constituye una muestra de voluntad y firmeza por parte de Raúl, quien _a pesar de ser el miembro del grupo más deteriorado físicamente_ aún conserva la fe y la confianza en el triunfo.

Después de este incidente, Jesús regresa a la popa y -acostándose sobre el fondo de la balsa- recuesta su cabeza en la esquina trasera de estribor cruzando los brazos a la altura de su pecho y clavando la mirada en sus mojados y desgastados zapatos tenis. . .

*-¿Qué te pasa, Jesús?* -le pregunta Gerardo preocupado.
*-¡Estoy jodido!* -responde este con tono derrotado.
*-Déjate de cuento que tú no tienes na'.* -su amigo trata de animarlo al descubrir en aquellas palabras la impresión de un hombre rendido, dispuesto a abandonar la contienda.

La actitud de Jesús no sorprende a sus compañeros. Ellos comprenden que la travesía es extremadamente difícil y el joven apenas tuvo tiempo para prepararse por haberse unido al grupo escasamente un mes antes de la partida. Sin embargo, el optar por el comportamiento pasivo ha sido la mejor de las alternativas que tiene el joven. En casos como este, la persona en crisis suele perder el control de sí mismo y desatar discusiones, riñas y hasta peleas que en muchas ocasiones conllevan a una tragedia.

La pequeña franja azul celeste ha ido ganando espacio desplazando al espumoso manto gris; el cual está claramente delimitado por una irregular línea empedrada. El tiempo ha mejorado aunque el mar continua intranquilo.

Una nueva incógnita aparece ahora ante aquellos balseros. . .

Durante las últimas horas, Roberto ha tenido la impresión de que el horizonte se presenta de forma inclinada, con una ligera pendiente hacia la izquierda. . .

<< *¡No puede ser! Eso debe ser el cansancio.* >> -piensa el joven sin hacer comentarios al tiempo que se dispone a levantarse.
-*Gerardo, déjame el timón, vete a descansar.*

Roberto se traslada hacia la popa y Gerardo se prepara para abandonar el puesto. Mientras el timonel saliente le entrega la brújula a su relevo. . .
-*Oye, yo no sé si me estoy haciendo la idea, pero yo veo que el mar está inclinado hacia allá.* -Gerardo susurra con asombro a su amigo mientras ilustra el supuesto ángulo de inclinación con un movimiento diagonal de su brazo izquierdo.
-*Como bien tú dijiste, te estás haciendo la idea, pero no te preocupes porque a mí me está pasando lo mismo.* -responde Roberto con tono despreocupado y ligeramente sátiro- *Tú y yo sabemos que eso no puede ser.*

Los jóvenes deciden no darle gran importancia al fenómeno porque ellos están conscientes de que aquello es producto de la imaginación.

La realidad es que han estado, durante tantas horas, predispuestos a recibir los embates de las olas por la banda de estribor que ya _inconscientemente_ todos se sienten ligeramente inclinados hacia la derecha.

Ya ha pasado casi una hora desde que perdieron de vista al carguero cuando otro nuevo viajero aparece en el horizonte, pero esta vez por el noroeste. . .
-*¡Miren, allá va otro!* -avisa Carlos.
-*Sí, pero ese va más lejos todavía.* -dice Gerardo.
-*Y va rumbo este.* -asegura el navegante de la expedición.

Mientras tanto, Raúl ata la pequeña réplica de *La Virgen de Regla* junto a la proa para pedirle a esta que calme la furia del mar, y simultáneamente, le reza al "milagroso" *San Lázaro* para que no se dilate más aquella agonizante odisea.

El barco ha mantenido su trayectoria a lo largo del horizonte, pero cuando este navega justamente a unas ocho millas al frente de la expedición, comienza a desviarse hacia la izquierda, tomando el mismo rumbo que lleva la balsa. . .

-*Está girando pa'l norte.* -advierte Roberto mientras la nave comienza a sumergirse lentamente tras el inalcanzable horizonte.

Son pasada las diez de la mañana. Hace sólo unos minutos que las torres del segundo carguero han dejado de verse. Nuevamente, un inmenso sentimiento de soledad se apodera de aquellos balseros, una soledad que de vez en cuando es interrumpida por la presencia de alguna gaviota. Sin embargo, no pasa mucho tiempo antes que otro punto gris aparezca en el horizonte, precisamente en la misma dirección en que lo hizo el barco anterior.

-*¡Allá viene otro más!* -anuncia Roberto desde el timón.
-*¿Por dónde?* -pregunta su hermano.
-*Allá, por donde mismo vino el otro.* -reitera el navegante del grupo señalando con su mano izquierda.
-*Y yo que pensaba que hoy iba a ser un día muerto.* -comenta Gerardo refiriéndose a las adversas condiciones climatológicas del amanecer.
La tripulación se muestra más animada. La lejana presencia _por tercera vez en la mañana_ de una nave representa para ellos no sólo un contacto visual con el mundo sino también un rayo de esperanza que brilla en la distancia...

-*¿Qué estás haciendo, Raúl?* -le pregunta Roberto sorprendido al ver que este ha fragmentado la imagen de yeso de San Lázaro.
-*Una señora que sabe de esto me dijo que si la cosa se ponía fea, que le pidiera, lo partiera y tirara un pedazo pa'l agua.* -le explica Raúl a su amigo.
-*Bueno, tú sabes más que yo de eso.* -admite el joven sin salir de su asombro.

Un rato después, la expedición continua adelante sin perder de vista aquel diminuto punto gris que ya ha crecido lo suficiente como para recordarle a los cinco jóvenes la figura de un antiguo conocido del pasado. . .

*-Yo creo que es un barco de turismo.* -dice Carlos.
*-Sí, como el que vimos el primer día.* -continua su hermano.

Todos mantienen sus miradas sobre el lejano buque. Los dos hermanos están en lo cierto; se trata de un hermoso crucero similar a aquel que se detuvo frente a ellos cuando todavía estaban a pocas millas de La Habana. . .

*-Oye, si no es el mismo, entonces, es igualito al otro que nos paró.* -asegura Roberto.
*- . . . Y ahora sí que no va pa' México.* -insinúa Raúl mostrando su intención de abordarlo si este volviese a detenerse.

Roberto capta claramente el mensaje de su amigo, y aunque sabe que las probabilidades son escasas, se prepara para repetir lo que había hecho la noche anterior con el helicóptero.

El blanco crucero continúa navegando hacia el este acortando, cada vez más, la distancia que lo separa de la maltrecha balsa. Todo parece indicar que pasará a unas seis millas frente a la expedición, suficiente distancia para que la pequeña embarcación se pierda entre la inmensa cordillera líquida. Las olas, aunque más estables por la notable mejoría del tiempo, sobrepasan los ocho pies; lo que hace casi imposible que puedan ser detectados desde la superficie a tanta distancia.

La inmensa nave se aproxima al punto de su ruta más cercano a la balsa, y Roberto se traslada hacia el centro de la embarcación. Al igual que en la noche anterior, el joven se encarama sobre la baranda lateral de estribor mientras se sujeta al mástil. Allí, brújula en mano, Roberto procede a levantar la tapa del pequeño instrumento donde se halla el circular espejo. Desde allá arriba, el joven eleva su brazo derecho para intentar que el fugaz destello luminoso haga blanco en las pupilas de algún pasajero del lejano buque.

Después de unos minutos de vanos intentos. . .

*-¡Qué va. . .!* Está muy lejos pa' que nos puedan ver. -dice Roberto bajando su brazo.

*-¡Sigue tratando!* -le sugiere Raúl.
*-Sí, voy a seguir tratando.* -asiente el joven.

Sin embargo, esta vez no mantiene su brazo en alto sino que espera los momentos en que la balsa es elevada por las olas para transmitir las señales desde la mayor altura posible.

El crucero mantiene su rumbo, y al pasar por delante de la expedición comienza a girar hacia la izquierda describiendo la misma trayectoria que el carguero anterior.

*-No nos vieron.  Está girando pa' arriba.* -advierte Carlos.

Nuevamente, el silencio se apodera de la tripulación.

El barco navega hacia el norte, en la misma ruta que lleva la expedición, pero a varias millas delante de esta.

De repente, Roberto rompe el silencio con un grito cargado de júbilo y esperanza.

*-¡¡Vamos bien!!* -la exclamación del joven siembra una espontánea confusión entre sus compañeros de viaje.
*-¡Hasta ahora hemos ido bien. . . pa'l norte, no?* -le dice Gerardo vacilante.
*-Sí, pero no sabíamos con seguridad a qué distancia estábamos siendo arrastrado por la corriente.* -añade Roberto.
*-Bueno, según los cálculos, mientras la corriente se mueva pa'l este, estamos bien.  Pero si la corriente empieza a desviarse pa'l norte, quiere decir que ya estaremos navegando al este de la Florida, entonces tendríamos que navegar hacia el oeste. ¿No es así?* -continua Gerardo.
*-¡Así es, pero te fijaste en esos tres barcos?  El primero iba directo al norte.  El segundo iba pa'l este aprovechando la Corriente del Golfo y cuando estuvo frente a nosotros, giró pa'l norte, y el tercero hizo lo mismo que el segundo. ¿No te imaginas por qué?* -las insinuaciones del navegante de la expedición hacen comprender a su amigo.

-*¡¡Claro!! Seguro que iban pa' la Florida y los últimos dos barcos tuvieron que bordear los cayos y después girar pa' arriba.* -las suposiciones de Gerardo coinciden con las de su compañero.

-*¡¡Eeexacto!!* -asiente Roberto sonriente- *Esto debe ser una ruta marítima, y Cayo Hueso debe estar a unas pocas millas detrás de ese barco.* -concluye el joven navegante mientras señala con su índice derecho al lejano crucero.

El inmenso crucero sigue adelante, alejándose más y más de aquellos cinco balseros que acompañan con la mirada al simbólico mensajero que les ha devuelto el ánimo y alimentado sus esperanzas.

La gran barrera de nubosidad ha ido quedando detrás. Ahora solamente cubre toda la porción sur del horizonte. En contraste, un nuevo cielo primaveral abarca la mayor parte de la cúpula celeste y el aéreo paisaje se va vistiendo de un hermoso color azul salpicado de blancos y coposos cúmulos que retozan en las alturas. . .

La expedición no se detiene. Los jóvenes se muestran inquietos y animados excepto Jesús, quien se ha mantenido callado e inmóvil desde que se recostó a la popa. . .

-*¿Qué te pasa Jesús?* -Gerardo, en tono jocoso, intenta nuevamente alentar a su compañero.

-*¡Estoy jodido!* -el joven emite la misma respuesta que horas antes había dado. Su rostro muestra la expresión de quien sabe que va a morir y espera su hora con resignación.

-*Vamos, chico, parece mentira que un tipo como tú, que vive a dos cuadras de la costa, se me vaya a aflojar ahora.* -Gerardo insiste sin obtener mayores resultados.

El sol _en su diario recorrido_ continúa escalando hacia la cima del cielo, anunciando que el mediodía se acerca. Ha pasado más de una hora desde que la lujosa nave se sumergió tras el horizonte, y tras su huella, avanza lentamente *Esperanza*.

La tripulación se muestra ansiosa, desesperada por llegar al inalcanzable horizonte con la esperanza de que _esta vez_ quizás este se detenga y deje de correr delante de ellos. Todos buscan algo que hacer, excepto Jesús que permanece acostado. . .

-*¡Vamos a revisar la comida que nos queda!* -propone Roberto para romper la inactividad.

-*Bueno, el tanque de agua con azúcar está casi lleno y nos queda, más o menos, un litro del pomo que tiene la miel de abejas.* -comenta Gerardo.

-*¿Y el galón de agua sola que traíamos?* -pregunta el navegante del grupo.

-*No, ese no se ha tocado.* -afirma el médico de abordo- . . . *na' más se usó una gotita que le di a Raúl cuando estuvo vomitando.*

-*Pues ese pomo también hay que guardarlo pa' casos extremos.* -dice Roberto mientras revisa la seguridad de todo el cargamento que está en la popa- *¡Eh. . .! Hay una cámara aquí atrás que está un poco salida de su lugar.*

Debido a la fuerte marejada y la increíble velocidad alcanzada por la balsa durante la noche anterior, el neumático posterior izquierdo se había corrido algunas pulgadas fuera de su posición. Momentáneamente, Roberto abandona su puesto para tratar de componerlo. . .

-*Voy a ver si puedo meterla pa' dentro.* -avisa el joven cruzando por encima de la baranda hacia el exterior.

Sosteniéndose de la baranda con firmeza, Roberto comienza a saltar sobre la desajustada goma.

-*Ten cuidado no te vayas a caer.* -le advierte Gerardo.

Después de varios intentos, el mencionado neumático regresa a su posición correcta, y Roberto reajusta las cuerdas y los amarres que lo aseguran para _más tarde_ volver a ocupar su puesto.

-*Óiganme. . .* -Carlos, desde la proa, se dirige a los que están detrás- *. . . pásenme uno de los remos de atrás.*

Carlos se ha colocado en el centro del asiento de los remeros delanteros y ha dispuesto el remo de babor para comenzar a usarlo.

-*¿Pero, qué vas a hacer?* -le pregunta su hermano.

-*Voy a remar un poco pa' entretenerme en algo.* -le responde el joven.

-*Es mejor que guardes energías* -le sugiere Roberto- *Además, aunque remes, Esperanza no va a caminar más rápido.*

*-Yo lo sé, pero yo no tengo la paciencia que tienen ustedes.* -Carlos se refiere a su hermano y a Gerardo- *. . . y me desespera estar aquí sin poder hacer nada.*

Roberto comprende que si importante es conservar las energías, más importante aún es mantener la calma.  Por eso, acepta la decisión de Carlos como una sabia solución y procede a desatar la cuerda de seguridad que sostiene al remo para entregárselo a su hermano.

Carlos toma el rústico instrumento, y colocándolo en su nuevo puesto, lo amarra para que no se vaya a extraviar como el otro en caso de caer al agua.  Seguidamente, el joven comienza a remar con ambos brazos simultáneamente.

El tiempo no detiene su inquebrantable marcha.  Ya es mediodía.

Roberto _desde el timón_ observa a su hermano que lleva casi media hora sin cesar de remar.  La mirada de Carlos se pierde en la distancia. . . y aquella escena del joven sentado sobre la balsa días atrás (cuando esta aún estaba en el ático) revive ante los ojos de Roberto.

*-¿Estás pensando en el niño, verdad?*

Carlos asiente con un ligero movimiento de cabeza sin apartar sus humedecidos ojos del lejano horizonte- *a estas horas debe estar preguntando por mí y buscándome por toda la casa* -sus labios se retuercen y un "trago en seco" _atorado en la garganta_ le impide concluir hablando.

Roberto se voltea y mira hacia el sur, al horizonte detrás del cual ha quedado Cuba, y comparte por unos instantes la angustia de su hermano.

El joven navegante continúa rastreando con su mirada el lejano horizonte sin darse cuenta de que en algunas ocasiones el paisaje se empaña ante sus ojos. . .

<< *¡Huuhh!* -un pequeño brinco lo despabila- *. . . ya estoy que los ojos se me cierran solos* >>

Roberto recorre con su mirada toda la tripulación y desliza _como caricia_ su mano izquierda por un costado de *Esperanza*. . .

<<*¡Qué bien te has portado, amiga!* -piensa el joven mientras suspira- *Cuando todo esto termine, sé que te voy a extrañar.*>>

Después de concluida la silente confesión, el navegante del grupo observa hacia el nordeste. La presencia de la vela mayor cubriendo la parte izquierda de su ángulo visual _sumado al insoportable agotamiento y el anhelo de ver tierra_ hace que su mente capte la increíble imagen de una casa rodeada de árboles en la triangular y oscura silueta de la vela.

<<*¡¿Eh, y esa casa?!*>> -piensa Roberto mientras se inclina hacia adelante para observar por detrás de la vela mayor.
-*¡Espérate!* -una vez más, la voz de su conciencia lo detiene- *¿Cómo se te ocurre que puede haber una casa en el medio del mar?* <<*Estoy alucinando. . . y estoy despierto.* -el joven se preocupa seriamente y se aconseja a sí mismo- <<*Que va, tengo que tratar de dormir un poco.* >>

Roberto, sin hacer comentarios sobre lo sucedido para no alarmar a sus compañeros, se dirige a uno de ellos. . .

-*Gerardo, agarra un rato el timón porque me voy a tirar pa' ver si puedo dar un pestañazo.*
-*¡Dale. . .!* -asiente este mientras se levanta para dirigirse a la popa.

El joven navegante le entrega la brújula a su amigo, abandona el timón y se traslada hacia el centro de la balsa. Roberto se sienta en el fondo de la embarcación y extiende sus pies en dirección a la popa. Recostando su hombro derecho a la baranda babor y su espalda a la base del mástil, el joven cierra sus ojos y se cubre el rostro con su sombrero. A pesar de que el agua lo baña constantemente de la cintura para abajo, el agotamiento es tal que el joven se queda dormido casi instantáneamente. . .
-*¡Pero miren quien está aquí!* -en un iluminado salón, un grupo de personas celebra la presencia de Roberto. Son sus compañeros de estudio, con los que ha compartido los últimos cuatro años de su vida. También allí, se encuentran su madre, su hermana, su novia y algunos amigos del barrio. . .
-*¡¿Y ustedes que hacen aquí?!* -pregunta Roberto ante el inesperado recibimiento.
-*Esperando noticias de ustedes.* -le responde Carmen, su madre.

*-Pues, nosotros estamos bien, seguimos pa'lante.* -continúa el joven.

*-¿Y los demás. . .?* -interrumpe una voz que sale del grupo.

*-¡Los demás. . .  bien!* -una pausa en su respuesta denota la confusión del joven navegante- *Estoy esperando a que me despierten pa' avisarme que ya llegamos.*

De repente, el salón se esfuma con todos sus integrantes dejando a Roberto en un indescriptible vacío. . .

<<*¡. . . esperando a que me despierten. . .! ¡Pero si estoy dormido!*>> -recapacita el joven regresando a la realidad.

Roberto abre sus ojos lentamente y se acomoda el sombrero. Bajo sus pies, un intenso azul oscuro advierte la inmensa profundidad de esas aguas. El joven cierra los ojos y se cubre el rostro nuevamente con su sombrero tratando de reconquistar el sueño, pero una fría ola le alcanza el torso haciéndolo desistir de su empeño.

<<*Fue un sueño corto, pero bonito.* >> -un profundo suspiro pone punto final a esa fantasía.

El joven navegante vuelve a descubrir su cara echándose el sombrero hacia detrás, dejando que este cuelgue de su cuello. Aún con sus ojos cerrados, el agotado hombre siente el calor de los rayos del sol en su frente. Lentamente, despega sus párpados. La claridad le molesta, pero prefiere soportarla. Recorre con la vista la rústica estructura de madera, los neumáticos posteriores, a Jesús quien permanece inmóvil. Con su pie izquierdo, Roberto golpea ligeramente la pierna de su amigo para comprobar que está bien. Este responde levantando suavemente su cabeza y dejando escapar una fugaz mirada por debajo de su gorra (Jesús es el único de los cinco que trae gorra). Finalmente, el navegante del grupo se dispone a regresar a su puesto, pero al levantar su mirada. . .

<<*¡Eh. . .! ¡Ah, es otra gaviota!!*>> -piensa Roberto al ver el lejano pájaro que vuela rasante a la superficie del mar.

La supuesta ave vuela hacia ellos; sin embargo, no bate sus alas, y el muchacho permanece observándola por unos segundos. . .

<<*¿Estoy alucinando otra vez?  No, no, estoy despierto.* >> -se murmura a sí mismo mientras se pone de pie.

-*¡¡Un avión!! ¡¡Caballeros un avión!!* -grita el joven navegante señalando con su mano derecha el lejano punto- *¡. . . y viene pa' acá!*

La noticia detona como un trueno en medio de aquel silencio haciendo que el resto de la tripulación se voltee para confirmar el increíble anuncio. Efectivamente, un pequeño avión Cessna se acerca velozmente por el sur. Lo que hasta hace unos instantes fue una agobiante tranquilidad, se convierte ahora en una algarabía inmensa. Todos _incluyendo a Jesús que, incorporándose, se sienta junto al asiento del timonel_ se ponen eufóricos, gritan, sonríen y lloran mientras agitan sus brazos al aire saludando a los tripulantes de la pequeña aeronave que les traen un mensaje de vida; no saben qué hacer de la alegría. . .

-*Mira como lloro, compadre.* -le dice Gerardo a Carlos.
-*No, si yo también.* -continúa este mientras recoge los remos.

Por otra parte, Raúl choca la palma de su mano derecha contra la de Roberto, y sosteniéndola fuertemente le dice. . .

-*¡Lo logramos! ¡Llegamos!*
Su amigo asiente con una serena sonrisa que expresa todo lo que _en aquel momento_ no puede decir; la emoción es inmensa.

Son las 12:45 PM del jueves, Mayo 27. La expedición acaba de comenzar la última etapa de su travesía, el regreso a la vida. . .

El avión _a muy baja altura_ sobrevuela la pequeña balsa haciendo círculos sobre la zona. A través de sus pequeñas escotillas se observan los rostros de sus ocupantes, quienes agitan sus brazos saludando a los jóvenes balseros.

-*¡Las fotos. . .!* -exclama Raúl dirigiéndose a Roberto- *¡Pásame la cámara!*

El joven navegante toma la cámara fotográfica de una de las mochilas, y retirando su envoltura, se la entrega al fotógrafo del grupo, quien comienza a desempeñar su trabajo con sumo placer.

*-¡Miren, miren, tiraron algo!* -avisa Jesús.
*-Sí, parece un pomo.* -confirman Carlos y Gerardo.

Un pomo plástico blanco (con el logotipo de *Hermanos al Rescate*) ha sido lanzado _intencionalmente_ al oeste de la embarcación para que sea arrastrado por la corriente hacia esta. Los tripulantes del pequeño avión, sin embargo, no han calculado que esta balsa navega a una velocidad superior a la que regularmente alcanzan otras embarcaciones de su tipo.

Los jóvenes marinos se percatan de que el pomo va a ser dejado atrás y deciden detener la marcha.

*-¡Vamos a cogerlo!* -propone Roberto liberando la cuerda guía que mantiene tensa a la vela mayor.

Gerardo _arrodillándose junto al mástil_ comienza a recoger dicha vela. La embarcación va perdiendo paulatinamente su velocidad hasta detenerse. Carlos _alistando los remos nuevamente_ empieza a remar, pero esta vez en sentido contrario haciendo que *Esperanza* se desplace lentamente hacia atrás.

El mencionado envase es algo cuadrado con una agarradera en su parte lateral y capacidad para un galón. El mismo está fabricado de plástico suave, blanco semitransparente, con una pequeña tapa roja enroscada en su boca. Originalmente, este recipiente fue utilizado para envasar leche.

El pomo se aproxima a la banda izquierda de la embarcación, y la tripulación está lista para interceptarlo. Gerardo _inclinándose sobre la borda_ lo alcanza.

*-¡Aquí adentro hay un papel!* -dice el joven mientras lo destapa y extrae una hoja de color amarillo que viene enrollada- *¡Es un mensaje!*
*-¿Qué dice?* -preguntan ansiosos sus compañeros.
*-"Bienvenidos a la tierra de la libertad. -lee Gerardo- Guardacostas USA en camino. Dios está con ustedes. Hermanos al Rescate."*

Unos minutos después, otros dos aviones se acercan al lugar. . .

-*¡Ahora son tres!* -advierten los cinco jóvenes con alegría mientras terminan de desplegar, nuevamente, la vela mayor.

*Esperanza* vuelve a tomar impulso, y los jóvenes continúan saludando a sus amigos del aire.

-*Ya gasté todas las fotos.* -le dice Raúl a Roberto- Ahora voy a sacar el rollo y esconderlo por si me quitan la cámara, no perder las fotos.

Las palabras del joven fotógrafo podrán parecer ilógicas para cualquier persona que no conozca de cerca al régimen de Castro, pero para aquellos jóvenes (acostumbrados desde pequeños al silencio y la censura) no es más que una decisión acertada y sensata por parte de Raúl.

-*Guárdalas donde no se vayan a mojar.* -le recuerda Roberto.

Raúl extrae el pequeño rollo, lo envuelve con la bolsa plástica que anteriormente protegía la cámara y lo guarda en un bolsillo de su camisa. Seguidamente, el joven oculta la cámara fotográfica en una de las mochilas.

Después de varias vueltas por el lugar, dos de los aviones se retiran, y sólo uno se mantiene sobrevolando para custodiar la zona...

-*¡Tiraron otro pomo!* -avisa Gerardo.

Esta vez, el cálculo de lanzamiento ha sido más preciso, por lo que la joven tripulación no tiene necesidad de replegar nuevamente la vela. No obstante, Carlos acciona los remos en reversa varias veces para frenar el impulso de la balsa. . .

El pomo va a pasar por detrás de la popa y Roberto _extendiéndose sobre esta_ se apoya con una de sus manos en el borde del último neumático, logra alcanzar la agarradera de dicho envase con la punta de sus dedos y se lo entrega a Jesús, quien sujeta al joven por una de sus piernas hasta que este regresa al interior de la balsa.

Este nuevo recipiente es muy parecido al anterior, aunque más pequeño (medio galón).

Jesús retira la tapa del envase que contiene alrededor de un tercio de litro de un líquido oscuro. El muchacho olfatea el contenido y después lo prueba. . .

-*¡Esto tiene que ser Coca Cola!* -dice el joven en tono de broma mientras le pasa el pomo a sus compañeros para que estos saboreen la simbólica bebida.

Han pasado unas dos horas desde que fueron divisados por el avión. Durante ese tiempo, los aviones han estado turnándose la vigilancia, llega uno y se retira el que estaba anteriormente. Así se mantienen para no perder de vista al grupo hasta que lleguen las autoridades marítimas norteamericanas.

-*¿Y cuándo va a venir esa gente?* -Carlos se muestra impaciente.

En ese momento. . .
-*Allá viene otro de los aviones* -advierte Gerardo.
-*¡¡Y el guardacostas viene detrás!!* -avisa Jesús sobresaltado.

Efectivamente, un punto oscuro sobre un acolchonado manto de espuma se acerca a gran velocidad, y el pequeño aeroplano le sirve de guía. . .

-*¡Vamos a recoger las velas que ya esto se acabó!* -la voz de Roberto pone en pie de alerta a toda la tripulación.

Los cinco jóvenes se mueven con la rapidez y destreza del primer día, parecen haber olvidado el agotamiento de tantas horas navegando sin descanso. Carlos y Raúl recogen el foque enrollándolo en su botavara y lo atan después a la cuerda tensora del mástil que va hacia la proa. Por otra parte, Gerardo _desde la popa_ libera la cuerda guía de la vela mayor mientras que Roberto comienza a replegarla. Después, el navegante del grupo eleva la botavara y la ata al mástil ayudado por Gerardo quien se ha trasladado al centro de la balsa. La embarcación se detiene.

El guardacostas se aproxima. Sus máquinas comienzan a perder aceleración y el colchón de espuma que lo sostiene va desapareciendo.

La moderna nave se detiene frente al rústico velero. Es un encuentro que acentúa el contraste entre la civilización desarrollada y el atraso tercermundista. Sobre la cubierta del guardacostas, su tripulación se encuentra lista para socorrer a aquellos balseros.

Generalmente, las personas que vienen en balsas (no botes) son rescatadas en críticas condiciones de salud (deshidratación, inanición, quemaduras, etc. llegando en algunos casos hasta la pérdida de conocimiento y la muerte). Por esa razón, los miembros del guardacostas _con equipos de primeros auxilios y salvavidas en sus manos_ se disponen a efectuar el rescate.

La gran nave intenta acercarse cautelosamente a la pequeña balsa, pero el inquieto mar no se lo permite. A pesar de su enorme tamaño, el guardacostas es balanceado por el oleaje, y su tripulación teme que en alguno de esos movimientos puedan embestir a la frágil embarcación. Lo cual podría traer consecuencias fatales para aquellos jóvenes.

Después de unos minutos de infructuosos intentos. . .

*-Yo creo que es mejor que nosotros nos acerquemos a ellos. -* propone Carlos- *¿Por qué no les decimos que se esperen?*
*-Yo creo que va a ser lo mejor. -*coincide su hermano.

Roberto _haciendo señales con sus brazos en alto_ les avisa a los tripulantes del guardacostas para que se detengan. Simultáneamente, su hermano acomoda los remos delanteros y comienza a remar.

*Esperanza* se desplaza lentamente acercándose al enorme vecino.
Por otra parte, el personal de rescate _al ver lo que está sucediendo_ dejan a un lado los salvavidas y demás equipos de primeros auxilios y se aglomeran junto a la baranda de estribor para ver maniobrar a aquellos intrépidos balseros. Algunos toman fotografías, otros dirigen _por medio de señales_ a los jóvenes expedicionarios, indicándoles que se dirijan hacia una pequeña escalera colgante que está siendo lanzada desde la cubierta, el resto simplemente observa. Todos experimentan la intensa emoción de aquel momento. . .

*-¡Vayan soltándose las sogas de seguridad! -*sugiere Roberto.

Los jóvenes _excepto Carlos quien continúa remando_ comienzan a liberarse de las mencionadas cuerdas. Sin embargo, debido a la humedad y los tirones a que han estado sometidas estas cuerdas durante la travesía, los nudos se han trancado de tal manera que tienen que ser cortados con el viejo cuchillo de mesa.

Ya sólo faltan unos pies para alcanzar la escala de cuerdas que _suspendida_ alcanza a rozar la superficie del mar. La misma danza como una culebra que trata de liberar su cola de la trampa. Sus peldaños de madera suenan como marimbas cada vez estos hacen contacto con el casco acerado de la nave. Carlos tira de los remos por última vez y seguidamente los recoge para que no vayan a estorbar durante el abordaje.

La esquina derecha de la proa golpea ligeramente el casco de la nave, y Carlos sujeta una de las cuerdas de la mencionada escalera. La otra cuerda es alcanzada por Gerardo, quien tirando de ella, hace que la balsa se arrime completamente a la metálica coraza.

Los jóvenes expedicionarios se disponen a abordar la nave. A pesar de la inmensa alegría, los cinco balseros sienten una gran nostalgia porque ha llegado el momento de abandonar a *Esperanza*, la embarcación que con tanto trabajo y esmero habían construido.

El primero en hacerlo es Gerardo mientras Carlos _aprovechando que ahora Jesús está sujetando la escalera para que la balsa no se aleje de esta_ procede a liberarse de su cuerda de seguridad. Una vez liberado, el joven sostiene la escalera para que su amigo pueda subir. Más tarde, Roberto ocupa el puesto donde se encontraba Jesús y espera a que su hermano ascienda por la movediza escala.

Cuando Carlos ha llegado a la cubierta, el joven navegante del grupo se dispone a abandonar la balsa, pero algo lo detiene; una desconocida sensación le hace mirar atrás. . .

<<¡*Falta Raúl!*>> -piensa el joven echándose a un lado y dejando el camino libre a su compañero- *¡Dale tú primero!*

En ese instante, Roberto acaba de conocer el sentido de responsabilidad que obliga a un capitán a ser el último en abandonar su nave.

Raúl comienza a escalar mientras su amigo _sujetando ambas cuerdas para disminuir su movimiento_ lo observa. De repente, a Raúl se le escapa un pie por entre dos de los peldaños. Roberto extiende su brazo y alcanza a sostener el tobillo derecho de su amigo. Raúl _aferrándose a las cuerdas con sus manos_ queda suspendido de la escalera, pero logra recuperarse y continuar adelante.

Finalmente, el joven navegante se dispone a abandonar la embarcación. Antes de hacerlo, Roberto recorre por última vez _con su mirada_ toda la estructura de la balsa, la inseparable compañera de viaje, a la cual le ha tomado un gran aprecio. El último miembro de la tripulación se voltea y emprende el ascenso dejando libre a *Esperanza*, la heroica amiga. . .

Estando los cinco sobre la cubierta del guardacostas, reciben una amistosa bienvenida. Desde allí, los exhaustos expedicionarios saludan con sus estrujados y húmedos sombreros a los pilotos de los dos aviones que _después de presenciar el rescate_ emprenden la retirada hacia tierra firme. Los agotados balseros se agrupan en la baranda de estribor, mirando al sur, contemplando el lejano horizonte; detrás del cual _a muchas millas de distancia_ ha quedado Cuba, la tierra natal y _en ella_ los seres amados, los recuerdos.

Los cinco jóvenes permanecen en silencio. Sus miradas se pierden en la lejanía, y el brillo de alguna que otra lágrima escapa de sus cansados y enrojecidos ojos mientras piensan en el tiempo que tendrá que pasar antes de poder regresar a sus hogares para abrazar a los suyos.

Por su parte, a la deriva, *Esperanza* comienza a alejarse lentamente del guardacostas emprendiendo una nueva travesía, una travesía sin fin hacia la gloria y el agradecimiento eterno. La indescriptible nostalgia de esa separación llega a empañar la alegría de los cinco balseros. Ellos ya sabían de antemano que el fin de la odisea significa también el final de *Esperanza*, la amiga incondicional que durante los últimos dos años ha formado parte inseparable de sus vidas y de sus sueños.
Ahora, libre de su carga humana, *Esperanza* parece danzar sobre la encrestada superficie azul marina, y el mástil _cuan brazo vertical_ oscila al compás de las olas en señal de despedida.

<< ¡*Hasta siempre*. . .! >> -un adiós en el silencio _casi entre sollozos_ se puede leer en los rostros de aquellos jóvenes.

Son las tres de la tarde. La terrible odisea ha llegado a su fin y las puertas del camino hacia una nueva vida se abren para estos osados jóvenes. Han trascurrido unas sesenta y cinco horas desde que partieron, sesenta y cinco horas de peligro, insomnio y agonía, sesenta y cinco horas desafiando a la muerte. . .

En la distancia, el pequeño avión *Cessna Skymaster* parece una gaviota. Foto tomada por Raúl.

El *Cessna* pasa en vuelo rasante frente a la pequeña embarcación. Las tripulaciones de ambas naves se saludan. Son momentos de gran emoción. Foto tomada por Raúl.

Roberto y Gerardo celebran junto a sus amigos ante la presencia de los aviones de Hermanos al Rescate. Nótese el agotamiento en sus rostros y el deterioro de los sombreros debido a la marejada. Foto tomada por Raúl.

Sentados en la popa, Jesús sostiene el pomo plástico lanzado desde uno de los aviones mientras que Gerardo muestra el mensaje enviado dentro de dicho envase, "*Bienvenidos a tierras de libertad. Guardacostas USA en camino. Dios está con ustedes. Hermanos al Rescate*". Foto tomada por Raúl.

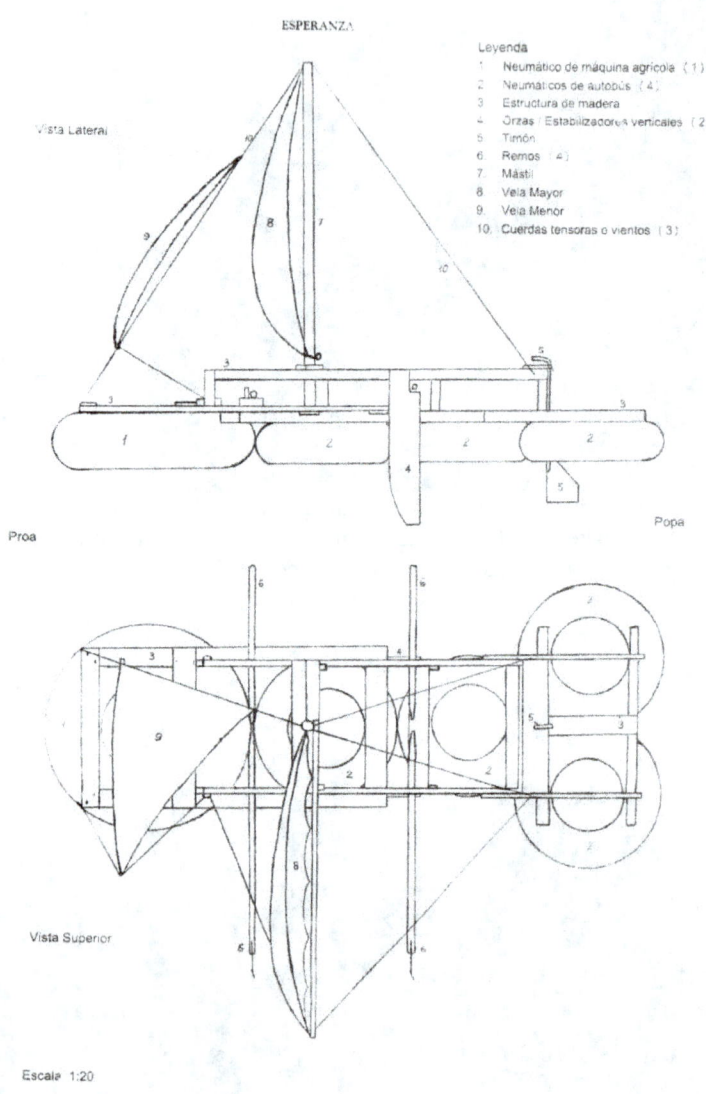

ESPERANZA

Leyenda
1. Neumático de máquina agrícola (1)
2. Neumáticos de autobús (4)
3. Estructura de madera
4. Orzas / Estabilizadores verticales (2)
5. Timón
6. Remos (4)
7. Mástil
8. Vela Mayor
9. Vela Menor
10. Cuerdas tensoras o vientos (3)

Vista Lateral

Proa

Popa

Vista Superior

Escala 1:20

Esperanza.  Vista lateral (arriba) y vista superior (debajo).  Diseñado por Roberto

# Postdata

Según el reporte de la guardia costera norteamericana, los cinco balseros fueron encontrados en las coordenadas 24.9 norte y 82.7 oeste, a unas treinta y cuatro millas al sureste de Cayo Marathon. Los pilotos de *Hermanos al Rescate* informaron al diario local *El Nuevo Herald* que _por las características de la balsa, la dirección mantenida y algunas maniobras efectuadas por la joven tripulación en las más de dos horas que estuvieron siendo sobrevolados_ este grupo hubiera llegado a su destino sin necesidad de ayuda.

A las 12:30 AM del viernes 28 de mayo, después de concluir su misión de vigilancia, el guardacostas arribó a Cayo Hueso con los cinco balseros. Allí, los jóvenes fueron entrevistados por agentes del servicio de inmigración y _una hora más tarde_ trasladados al *Hogar de Transito para Refugiados Cubanos* (*La Casa del Balsero*). A la mañana siguiente, el recién llegado grupo fue enviado a Miami para reunirse con algunos parientes y amigos que reclamaron su custodia. Mientras esto sucedía, los familiares en Cuba escuchaban con gran emoción y júbilo por *Radio Martí* la tan esperada noticia del arribo de sus seres queridos. Cientos de vecinos del reparto El Calvario corrieron a la casa de Carlos y Roberto para confirmar la noticia que justamente acababan de escuchar. Todos abrazaron y felicitaron a Carmen.

En agosto de 1994, tristemente, la *Ley de Ajuste Cubano*, que protegía a los balseros, fue modificada. Desde entonces, todos los balseros capturados en el mar _incluso en aguas territoriales norteamericanas_ son entregados a las autoridades cubanas.

***Diez años después.* . .**

Bautizada bajo el nombre de *Esperanza II*, una réplica exacta (con las medidas reales) de la balsa original fue construida por Carlos y Roberto. Para lograr la reproducción idéntica, los dos hermanos utilizaron una copia del plano original que les fue enviado desde Cuba. *Esperanza II* fue utilizada en la filmación de *Black & Blue: A Rafter's Journey (Negro y Azul: La Saga de un Balsero).* Escrito y dirigido por Carmen López, una cineasta independiente residente en la ciudad de Nueva York, este documental de sesenta minutos ha sido galardonado con los premios *Mejor Documental, Mejor Film* y *Premio de la Audiencia* en festivales de cine celebrados en Miami y New York respectivamente.